Illustration de couverture :
Conception : Pierre Ménard

Pierre Ménard

LA MORT NE RÉSOUT RIEN

LUCIEN SOUNY
plumes noires

Éditions Lucien Souny, 2020
451, route de Limoges • 87400 La Geneytouse
www.luciensouny.fr

PREMIÈRE PARTIE

Viroflay, novembre 2010

Les façades des maisons de la petite rue de cette banlieue aisée de l'Ouest parisien sont zébrées d'une lumière bleue intermittente.

Une fine pluie humecte le trottoir et pénètre froidement les vêtements des badauds, contenus par le cordon de police déployé sur les lieux. La lumière blafarde du jour peine à traverser la couche nuageuse, également striée de bleu.

Le bleu des gyrophares tourne inlassablement sur les toits des camions rouges et des véhicules blancs. Il illumine de façon stroboscopique le visage en pleurs de Delphine Lacour, qui fixe, comme une somnambule, la jolie maison aux volets vert céladon, où toutes les fenêtres et portes sont grandes ouvertes.

Elle assiste à la sortie, par les hommes en blanc, de la dernière civière. La quatrième. Prestement enfournée dans l'une des ambulances, laquelle démarre aussitôt sans pour autant brancher la sirène d'urgence. Un peu plus loin, les pompiers rangent méthodiquement leur matériel dans le camion – des bouteilles d'oxygène, des masques de protection ainsi que des caisses de matériel de détection et de premiers secours.

Elle lève les yeux au ciel, et les gouttes d'eau se mêlent à ses larmes sur ses joues rougies.

— Madame, vous voulez me suivre, s'il vous plaît ?

Une gardienne de la paix de forte corpulence vient de l'interpeller doucement et la guide vers l'entrée de cette maison qu'elle connaît bien. Elle pénètre dans le petit hall, où le moindre objet lui rappelle douloureusement les habitants du lieu, puis elle est introduite dans la cuisine. Il y fait anormalement froid, et pour cause : la baie vitrée est grande ouverte.

Elle remarque alors des plastiques transparents posés sur la plaque de cuisson, maintenus par des scellés.

Un homme d'une petite quarantaine d'années, au visage dur et basané, engoncé dans un gros blouson de cuir marron, est assis à la table et pianote sur son smartphone. Il lui fait signe de s'asseoir à son tour.

Une fille, elle aussi en blouson, entre alors dans la cuisine et s'adresse à l'homme.

— Bruno, les gars de l'IJ ont fini. On a tout ce qu'il faut nous aussi, on rentre à la maison. On t'attend ?

— Non, j'ai mon scoot'. Je vous rejoindrai en fin de mat'.

L'homme pose son téléphone sur la table et dévisage la femme d'un air un peu las.

— Capitaine Lauvergeat, SRPJ de Versailles, fait-il sans pour autant lui tendre la main. D'après le rapport, je vois que c'est vous qui avez prévenu les pompiers. Vous connaissiez bien les victimes ?

— Oui, je n'habite pas loin et je suis amie avec Martine Ercolani. Nos enfants vont au même collège. Enfin, mes filles et leur fille cadette…

— Sophie, c'est ça ? laisse négligemment tomber l'OPJ en consultant des indications sur son mobile.

— Oui. Parce que leur aînée, Laura, elle va au lycée toute seule. Mais les plus jeunes, on les emmène encore à l'école. C'est comme ça. On s'arrange avec Martine :

elle fait le lundi, mardi et vendredi, je fais les autres jours.

Delphine Lacour sort son mouchoir pour essuyer furtivement ses yeux et son nez.

Ceux qui la connaissent décrivent invariablement Delphine comme une « belle femme » à la mine resplendissante. Une femme qui pourrait être l'incarnation de la joie de vivre. Ce matin, avec ses cheveux châtain foncé plaqués sur son front par la pluie, son visage hâve et ses yeux rougis, elle a plutôt la tête de quelqu'un qui cherche à se mettre sous le train qu'autre chose.

Elle prend le temps de replier son mouchoir et de le remettre dans l'intérieur de la manche de son pull. Le policier la regarde avec une imperceptible pointe d'agacement.

— Et donc…

— Normalement, quand je sonne au portail, Sophie est prête et sort tout de suite de la maison. Là, j'ai sonné deux fois. Rien. Tous les volets étaient fermés, ce qui n'est pas habituel. Je suis allée frapper à la porte d'entrée. Toujours rien. J'ai tenté d'ouvrir la porte, elle était verrouillée. Les téléphones ne répondaient pas, fixe ou portables. Alors, j'ai… j'ai paniqué et j'ai composé le 18.

— OK. Ils s'entendaient bien ?

— Qui ? Les Ercolani ?

— Ben oui, les parents. Je veux dire, pas de problème particulier entre eux ?

L'amie de Martine dévisage de longues secondes l'officier de police. Puis elle parvient à articuler :

— Pourquoi vous dites « s'entendaient » ? Ils…

— Je ne suis théoriquement pas en droit de vous informer sur le sujet, réplique-t-il en soufflant et en rangeant son téléphone dans la poche de son blouson. Mais vous devez vous douter qu'une baraque remplie à ras bord de propane ne laisse guère de chances à ceux qui dorment dedans. Désolé de vous brusquer, mais là je dois aller vite. Leurs relations étaient comment ?

— B… bonnes. Enfin, je crois. Nous n'étions pas intimes, je fréquentais surtout Martine. Patrick, je le voyais de temps en temps, notamment le samedi matin, quand c'était lui qui venait chercher les gamines. À vrai dire, c'était pas souvent parce qu'avec le boulot de fou qu'il avait…

— Il faisait quoi ?

— Il bossait dans la com'. Il était directeur commercial dans une petite boîte, à Paris… ou à Issy, peut-être.

— Issy-les-Moulineaux ou Paris ? demande Lauvergeat tout en entrant les informations dans son téléphone.

— Il me semble que c'était plutôt Issy.

— OK, on vérifiera de toute façon. Martine Ercolani ne vous a jamais fait part de craintes ou de menaces reçues ? Quelqu'un qui leur en aurait voulu, ou bien qui les harcelait ?

— Non… On parlait de la vie des enfants, de l'école. De nos vies aussi. C'est…

Delphine Lacour s'arrête net et fixe avec terreur le capitaine Lauvergeat dans les yeux.

— Mais… si tout était fermé et que… que la maison était remplie de… gaz… c'est que…

— N'allez rien vous imaginer. L'enquête se chargera des conclusions qui s'imposent, coupe de façon péremptoire le policier en se levant. Je vous demanderai, par contre, de venir déposer officiellement dans nos bureaux. Le plus tôt sera le mieux. Voilà ma carte : il y a le numéro du service et mon portable. Je vous raccompagne dehors.

Delphine marche d'un pas mécanique, sous la pluie, vers sa voiture. Dans sa tête, les mêmes images terrifiantes qui s'entrechoquent : des civières, intégralement recouvertes d'un drap blanc, que l'on sort une par une de la jolie maison aux volets verts. Lentement, sans presse particulière. Comme si plus rien n'avait d'importance maintenant.

Une forte douleur étreint brusquement son cœur à la pensée des filles et de Martine. Et de Patrick, naturellement. Elle ralentit le pas et s'appuie contre un réverbère. Des larmes de tristesse sortent d'un coup et coulent abondamment sur ses joues, puis sur son pull. Les gens passent sans la regarder. Ou alors discrètement, histoire de voir à quoi ça ressemble, le malheur.

Elle réussit alors à maîtriser l'étau qui compresse sa poitrine, sort ses clés, s'assoit dans la voiture et met le contact. Mais elle ne démarre pas. Elle reste prostrée sur son siège. Aux images macabres succèdent les questions angoissantes.

« Est-ce qu'il faut que je lui en parle quand je le reverrai ? Aimable comme un dogue dressé à coups de bâton, ce foutu flic, entre parenthèses. Mais si c'est lui qui mène l'enquête, il faut peut-être tout lui dire. En même temps, qu'ai-je le droit de dire ?

Leurs relations n'étaient pas bonnes. Enfin si… ou plutôt non… leurs relations étaient devenues quasiment inexistantes. C'est ça, inexistantes. Ce ne sont que des ressentiments personnels, basés sur ce que m'a confié Martine une ou deux fois. Mais ça crevait les yeux qu'ils partaient à la dérive tous les deux ! La faute à Patrick, principalement. À son travail, surtout.

C'est malheureusement de plus en plus courant, ce genre de situation, ces gens qui se font bouffer par leur boulot. Qu'est-ce qu'on peut y faire ? Mais c'est vrai qu'il avait l'air complètement zombie, ce pauvre Patrick, les dernières fois où je l'ai vu. »

Martel, mars 2018

— Monsieur Bressac, votre rendez-vous est arrivé.

— Merci, Noémie. Dites-lui juste de patienter quelques petites minutes, le temps que je finisse de classer les dernières photos dans le dossier de la maison sur la Dordogne.

Noémie Salacroux opine obséquieusement de la tête et ferme doucement la porte du bureau de son patron. Antoine Bressac achève de renommer les photos qu'il a prises ce matin de la belle demeure à vendre. C'est un gros coup, un bon gros coup à venir. Certainement le plus gros qu'il ait à assurer depuis qu'il a ouvert son agence immobilière dans cette petite ville de Martel, voici maintenant deux ans et demi. Rien que la commission sur ce produit peut débloquer bien des choses. Comme de pouvoir enfin s'acheter une jolie maison, une bien à lui, en lieu et place de la bicoque qu'il est obligé de louer depuis son installation dans le Lot.

L'économie de guerre va bientôt laisser place à un standing plus en rapport avec ses aspirations et son style de vie. Il serait quand même temps !

Bressac enregistre le dernier cliché dans le dossier et contemple, assez content de lui, la grande bâtisse à la pierre chaude se reflétant dans la Dordogne, au pied des falaises calcaires surplombant Gluges. Il a réussi à redresser la tête après des périodes difficiles et il est normalement fier de cette résurrection. Il s'est placé sur un créneau où il se sent à l'aise et où il possède certains repères, celui de la vente de maisons de charme à une clientèle principalement étrangère. Les riches Anglais, surtout, qui trouvent nettement plus exotique de manger du foie gras sous le beau climat du sud-ouest de la France plutôt que de boire du thé insipide sous la bruine du Norfolk ou du Yorkshire. Bressac maîtrise relativement bien la langue de Shakespeare et de Lennon réunis, suffisamment pour s'avérer être un interlocuteur efficace face aux visiteurs venus d'Albion. Afin que les choses soient bien claires, il a baptisé son agence : AB Estate.

Antoine Bressac est non seulement fier du chemin parcouru en un peu plus de deux ans, mais est également heureux de travailler essentiellement avec des gens qu'il a toujours admirés, pour ne pas dire plus. Ça le change enfin de ces Français jamais contents de ce qu'ils ont, toujours à regarder avec convoitise chez le voisin et à compter leurs sous de peur de dépenser trop. Là, il s'adresse à des personnes qui savent vivre, qui savent profiter de l'existence et qui savent ce que raffinement et politesse veulent dire.

Pour tout dire, Antoine Bressac voue une vraie passion à l'Angleterre, et se serait bien vu naître dans une belle et grande famille de l'autre côté du *Channel* pour y jouir de tous les charmes que la gentry sait offrir à ses âmes les mieux nées.

De belle prestance, malgré quelques kilos superflus – passé quarante ans, il devient de plus en plus difficile de garder la ligne, essaie-t-il de se rassurer à bon compte –, Antoine Bressac aime à s'habiller de manière élégante et distinguée. Il déteste par-dessus tout la vulgarité et le laisser-aller. Il choisit toujours ses costumes, ses chemises et ses chaussures parmi ce que certains magasins correctement typés *Old England* proposent de plus raffiné. Enfin… il s'efforce de choisir : les temps étant devenus durs, il a fallu s'adapter, sans pour autant tomber dans le n'importe quoi. Il ne l'aurait pas supporté. L'époque des vaches maigres s'éloignant petit à petit, une ou deux paires de Church's ou de Loake viennent à présent snober, dans le placard à chaussures, les vulgaires Eram qu'il a bien fallu enfiler pendant ces années noires.

Antoine Bressac revient subitement à la réalité, ferme le dossier de la maison sur la Dordogne et regarde le Post-it sur lequel il a griffonné le nom de cette femme qui l'attend dans l'antichambre de l'agence, certainement bercée par le cliquetis du clavier d'ordinateur de Noémie. *Lydie Grondin*. Ce nom ne lui dit absolument rien. Pourtant, lorsqu'elle l'a appelé la semaine dernière, elle se disait « recommandée » par une personne qui savait qu'AB Estate était la bonne porte à laquelle frapper.

Bressac appuie sur l'interrupteur du petit interphone qui lui permet de donner ses ordres à sa secrétaire, via une oreillette qu'elle est censée ne jamais quitter de la journée.

— Noémie, pouvez-vous faire entrer Mlle Grondin, je vous prie ?

L'agent immobilier s'est naturellement levé pour accueillir sa visiteuse et se dégage de derrière son bureau de manière altière, en triturant de façon calculée ses boutons de manchette, juste au moment où la porte s'ouvre. Il marque une seconde d'arrêt en voyant la jeune femme s'avancer vers lui : Lydie Grondin illumine de toute sa beauté la pièce aux dimensions modestes et au décor sobre.

Ce n'est pas une beauté tapageuse à l'allure ostentatoire. C'est une beauté naturelle, sans fards ni détours. Cette fille resplendit de toute la fraîcheur de sa jeunesse et son regard bleu turquoise plonge instantanément dans celui d'Antoine. La peau de son visage, exempt de tout maquillage, est naturellement éclatante, légèrement saupoudrée de subtiles taches de rousseur et encadrée par des cheveux de couleur auburn à la coupe mi-longue, descendant jusqu'à la naissance des épaules. Une mèche est négligemment passée derrière une oreille, laissant voir, sur le lobe, un minuscule oiseau en métal argenté.

Elle porte une petite veste vert pistache sur un fin pull à col roulé prune, passé sur un jean gris, et reste timidement sur le pas de la porte. Bressac s'avance en souriant.

— Antoine Bressac, heureux de vous accueillir. Asseyez-vous, je vous en prie.

Il tire courtoisement l'une des deux chaises réservées à la clientèle et fait asseoir sa visiteuse, puis regagne son fauteuil.

— Mademoiselle, si je me rappelle bien, vous m'avez parlé de votre intention de vous établir dans notre région et de trouver un petit meublé ici, à Martel. C'est bien de cela qu'il s'agit ?

— Oui, c'est ça. Je viens d'obtenir un travail pas très loin. Je commence lundi, et j'ai donc besoin en urgence d'un appartement, de petite taille de préférence. Je pourrai éventuellement me contenter d'un studio s'il n'y a pas d'appartement.

— Hm… bien sûr. Mais… comment vous dire… Voyez-vous, AB Estate est plus précisément spécialisée dans la demeure de qualité, de charme. Et donc, je ne vous le cache pas, de prix. Où se situe votre travail exactement ?

— Au gouffre de Padirac. Je viens d'y être nommée guide.

— Guide ? s'étonne Bressac, légèrement amusé. C'est drôle, je voyais les guides de ce genre de sites plus… comment dire… plus chenus, plus rocailleux, plus locaux. Pardonnez-moi.

La jeune femme regarde l'agent immobilier en lui décochant un petit sourire ironique.

— Je pense que vous ne fréquentez peut-être pas suffisamment les sites et monuments de France. La profession a bien évolué depuis des années, et l'on ne trouve plus guère trace de ces guides qui récitaient mécaniquement leur texte, avec un accent du terroir incompréhensible pour une partie des visiteurs. On a maintenant besoin de personnes qui savent faire revivre un lieu et rendre une visite interactive.

— Certainement, certainement, répond un Bressac vite conscient qu'il n'a peut-être pas fait preuve de la plus grande des finesses sur le coup. Je vais vous faire un aveu : depuis que je me suis installé ici, je n'ai pas encore trouvé le temps de visiter ce gouffre. Mais puisque vous me parlez de Padirac, si je puis me permettre, vous devriez chercher du côté de Gramat ou d'Alvignac. Ça serait plus près de votre travail.

— Non, je ne veux pas aller trop loin. Je… je veux pouvoir revenir facilement à Brive pour y prendre le train. Et puis… excusez ma franchise, mais je ne veux pas aller me perdre au fin fond d'un trou.

Antoine Bressac rit franchement.

— Excusez-moi à mon tour, mais comme trou, le Lot… vous avez bien choisi. Région sublime, mais où il n'y a pas grand-chose à faire en dehors d'y passer des vacances.

— Pourquoi y vivez-vous, alors ? lance la belle effrontée.

— Eh bien, voyez-vous, mademoiselle, quelque part je vends des vacances. Et de l'agrément. J'ai donc toute mon utilité ici. Comme vous, puisque vous allez, vous aussi, vendre une part de vacances. Vous me parlez de train à prendre à Brive : vous venez d'où, si je puis me permettre cette petite indiscrétion ?

— Ce n'est pas du tout indiscret. J'étais guide au château d'Anet, dans l'Eure-et-Loir…

— Le château d'Anet ?

— Vous connaissez ?

— Je l'ai visité, il y a… quelques années. Château sublime. Mais je n'ai pas eu le plaisir de vous y avoir comme guide.

— Nous étions quelques-uns là-bas. Et puis j'étais peut-être en repos lorsque vous êtes venu. C'est un château très intéressant, mais un jour j'en ai eu assez : j'avais fait le tour de la question. J'aime l'histoire et l'architecture, mais j'ai toujours été très attirée par les sites naturels. J'ai postulé dans tous les gouffres et grottes de la région : Lascaux, Cabrerets, Lacave, etc. Un poste s'est finalement libéré à Padirac, en février dernier, et voilà : ils m'ont engagée. Et ce, malgré mon absence totale d'accent quercynois, je vous ferai remarquer, dit-elle en décochant un petit regard narquois à son interlocuteur. Je dois suivre une formation spécifique au site, qui commence lundi, avant d'attaquer la saison.

Bressac se recule légèrement de son bureau tout en fixant Lydie Grondin.

— Je vais être franc, mademoiselle : je vous reçois, car c'est la moindre des politesses, mais je suis assez surpris que vous veniez me voir dans la mesure où, comme je vous l'ai dit, je vends et loue *a priori* de l'habitat haut de gamme. Et le budget mensuel que vous m'avez indiqué au téléphone n'est malheureusement pas de l'ordre de ce dont je dispose en agence…

Lydie Grondin baisse légèrement les yeux.

— Je sais. C'est ma tante, qui habite Souillac, qui m'a parlé de vous. Votre agence a, certes, la réputation de faire dans le haut de gamme, mais il paraît que vous avez parfois aidé des gens dans l'urgence à trouver quelque chose d'intéressant. Je pourrais évidemment m'adresser à l'un de vos confrères sur la place, mais bon, vous savez ce que c'est : lorsqu'on débarque en terrain inconnu, il est toujours bon de se rattacher à un lien, aussi mince soit-il.

Bressac fait un léger effort pour masquer sa fierté – et sa surprise – d'être reconnu pour ses qualités humaines. C'est un sentiment tellement nouveau pour lui !

— Eh bien… disons qu'il m'est effectivement arrivé, à quelques reprises, de solliciter certains confrères pour ce genre de requête. C'est bien naturel, vous savez.

Puis de façon plus intéressée :

— Votre tante me connaît donc ?

— Pas directement. En fait, elle connaît bien un couple à qui vous avez trouvé une petite maison sur le causse, au-dessus de Saint-Sozy ou de Meyronne.

— Saint-Sozy ou Meyronne ?

— Je ne sais plus… Vous savez, je débarque et ne connais pas trop la région. C'est elle qui m'a conseillé de venir vous voir, répond Lydie, le cœur battant.

— Laissons tomber, ce n'est finalement pas très important.

Il la fixe droit dans les yeux comme pour sonder la profondeur envoûtante de son regard.

— Bon, écoutez, je vais essayer de… faire honneur à une réputation que j'ignorais avoir jusqu'à présent. Je n'ai « rien en magasin », comme on dit un peu vulgairement, qui puisse convenir à vos desiderata, mais je vous promets de questionner un ou deux confrères à ce sujet. Ce n'est pas très conventionnel comme démarche, je le fais puisque vous êtes dans… l'urgence. Mais je ne vous garantis pas, pour autant, de vous trouver un petit nid douillet pour la semaine prochaine.

— Ça n'a pas d'importance. Ma tante, à Souillac, sera trop heureuse de me loger, même quelques mois s'il le faut. Cela dit, je vous avoue que je préférerais être indépendante le plus vite possible, ajoute-t-elle avec un beau sourire désarmant.

— Je peux tout à fait comprendre ce besoin.

Antoine Bressac sourit à nouveau à son interlocutrice. Un large sourire légèrement en coin, qui creuse une petite fossette sur sa joue et découvre des dents impeccablement rangées.

Puis il se lève, manière classique de signifier que l'entretien touche à sa fin.

Lydie se lève à son tour et tend sa main vers celle d'Antoine Bressac.

Elle ne peut que reconnaître que l'homme a de l'allure, malgré ce léger embonpoint qui alourdit quelque peu les traits du bas de son visage. La chevelure châtain à peine ondulée, coiffée avec une fausse négligence vers l'arrière, le front dégagé, des yeux sombres où brille une indéniable intelligence, la fine barbe savamment taillée, chemise lavande sobre et belle cravate jaune sous un costume gris anthracite impeccable : Bressac est le parfait exemple du quadra au zénith de sa forme. Et de son charme.

Charme – comme elle a immédiatement pu s'en rendre compte – dont il dispose un stock apparemment inépuisable, puisqu'il n'a pas hésité à s'en servir à la moindre aspérité dans l'entretien.

Lydie sent sa main retenue de façon imperceptible dans celle du fringant agent immobilier et esquisse un sourire un peu gêné tout en soutenant son regard inquisiteur. Elle ressent, à l'exact moment, un immense frisson lui parcourir la colonne vertébrale.

Antoine Bressac raccompagne Lydie Grondin dans le hall d'entrée. Tout en ouvrant la porte vitrée, il lui dit :

— Quoi qu'il arrive, je vous recontacte. Ne vous inquiétez pas.

Abrité derrière les affichettes de vente alignées sur la vitrine, il suit des yeux la jeune fille à la démarche légère, qui s'éloigne sans se retourner sous le soleil timide de mars. Il la regarde disparaître à l'angle de la rue, bordée de platanes encore squelettiques, et se décide, après quelques secondes de réflexion, à retourner dans son bureau, où il se laisse choir dans son fauteuil en cuir beige.

Il pourrait éventuellement passer un coup de fil à Prunières, qui le bassine toujours avec ses théories sur le « social ». Un peu plouc et « radsoc », Prunières, mais bon, sur ce coup il pourrait servir. Il y a aussi Richard, qui vend du prêt-à-habiter à bas coût et loue du tout-venant. Bon Dieu, ça serait bien la déveine à trois balles si l'un des deux n'avait pas un petit deux-pièces-cuisine à lui refourguer ! Il se marre d'un seul coup.

C'est la première fois, en deux ans et demi, qu'il reçoit une aussi sublime personne qui ne soit pas accompagnée par son mari ou son papa. En plus, son visage lui dit quelque chose.

Et un aussi beau visage ne peut pas s'oublier.

*
* *

— Holà, qu'est-ce qui vous arrive ?

Accoudé au bar, l'homme, qui était en train de décortiquer les résultats de la poule régionale de rugby dans les pages sportives de *La Dépêche*, vient de rattraper de justesse par le bras la jolie demoiselle à côté de lui, qui s'est effondrée sans crier gare.

Le patron sort en vitesse de derrière son zinc et aide son client à asseoir la fille à la table la plus proche.

— Vous êtes pas bien ? Vous voulez qu'on vous appelle un médecin ?

La fille les dévisage tous deux, un peu hébétée. Une femme d'âge mûr arrive, en blouse à fleurs, s'essuyant les mains sur son tablier.

— Eh bé, vous avez vu comme elle est pâle ? Et maigre, en plus. C'est pas un médecin qu'il lui faut, c'est un bon gigot avec des flageolets, moi, je vous le dis !

— Fais-moi passer la prune et un petit verre dessus le comptoir, toi, au lieu de raconter des bêtises, lui rétorque d'autorité le patron, qui semble bien être son mari.

Il emplit le verre du liquide délicatement ambré et le présente à la fille.

— Tenez, avalez ça… Si, si, avalez. Ça va pas vous tuer, mais ça va vous redonner des couleurs.

Elle attrape de façon mal assurée le petit verre, le porte à ses lèvres un peu sèches et en boit une gorgée. La puissance alcoolisée du breuvage lui fait froncer instinctivement les sourcils et plisser le nez. Elle repose le verre sur la table en Formica.

— Ça va mieux ? Vous feriez bien d'aller voir un docteur.

— Non, vous êtes gentils, ça va passer… Ça m'arrive parfois… juste un petit malaise vagal qui me tombe dessus de temps en temps. Rien de grave.

— Ah ? Bé, finissez quand même la prune. C'est la maison qui régale et ça vous requinquera, dit-il en collant une petite bourrade protectrice sur sa veste vert pistache.

Lydie Grondin absorbe par petites gorgées l'alcool parfumé, qui lui brûle les papilles et embrume sa vue. Elle fixe les nuages mouvants dans le ciel, au-dehors, et de grosses larmes dégoulinent sur ses joues.

Avant de regagner la cuisine, la femme au tablier à fleurs glisse à l'oreille de son mari :

— C'est un chagrin d'amour. Ça finit toujours mal, ces histoires-là.

*
* *

Quelques jours plus tard, le miracle se produit.

Antoine Bressac téléphone à Lydie Grondin pour lui annoncer, de sa belle voix veloutée, qu'il a quelque chose de « très mignon » à lui montrer.

Elle arrive au rendez-vous, fixé devant l'agence, au volant de sa petite Twingo vert pomme un peu cabossée de partout. Il se tient à côté de sa Talisman gris métallisé, qui luit au soleil, prêt à ouvrir la portière du côté passager. Il l'emmène à la sortie ouest du bourg, sur la route de Souillac.

Lydie marche distraitement dans le petit séjour, modeste mais propret, de la maison. Elle regarde avec attention les jolies poutres du plafond, ouvre un placard au-dessus de la gazinière et écarte le rideau de la fenêtre qui donne sur le jardin baigné de soleil.

Bressac est appuyé dos au buffet, de l'autre côté de la pièce, bras croisés, l'air satisfait du vendeur qui n'a plus que l'estocade à porter.

— Ce n'est évidemment pas grand, mais... c'est une maison. Et avec jardin, qui plus est ! Le propriétaire la loue l'été comme gîte, et j'ai réussi à le convaincre qu'il valait mieux la rentabiliser durant le reste de l'année à moindres frais plutôt que de la laisser fermée sans rentrées d'argent. D'où le prix attractif – que j'ai, là encore, réussi à lui faire accepter. Pour un meublé, franchement, c'est donné ! Et les appareils de cuisine fonctionnent tous parfaitement : le frigo, le micro-ondes, la gazinière...

— Je vous remercie. Mais que va-t-il se passer lorsque l'été va arriver ? Je veux dire... j'imagine que le propriétaire va vouloir la louer au prix fort aux touristes, non ?

— On a le temps d'y réfléchir, n'est-ce pas ? D'ici là, vous avez tout le loisir de vous poser, de vous familiariser avec la région, et je me fais fort de vous dégoter quelque chose de plus définitif. Ou de persuader le propriétaire de vous garder toute l'année. Alors, ça vous plaît ? Dites oui !

— Oui, beaucoup.

Elle rit et lance un rapide regard panoramique sur le petit logement.

— C'est une vraie bonbonnière. Je ne m'imaginais pas trouver un endroit comme cela, surtout une maison, à un prix pareil.

— On trouve plein de choses insoupçonnables dans le Lot. Il suffit de savoir chercher.

Le sourire enjôleur vient à nouveau ponctuer l'imparable argumentaire. Lydie détourne son regard de façon pudique tout en tournant nonchalamment autour de l'agent immobilier. Son parfum volette dans la pièce et

Antoine Bressac en hume délicatement les fragrances fleuries.

— Votre stage de mise à niveau – ou de formation, devrais-je dire –, ça se déroule bien ? lance-t-il soudain, histoire de désamorcer l'imperceptible gêne qui l'envahit.

— Top ! Je crois que je suis vraiment faite pour ça. Et puis j'avais tout de même potassé la question avant de venir. Sans compter que j'ai déjà visité le site à deux reprises, avec ma tante, dans un passé récent.

Antoine regarde Lydie en frottant sa barbe avec son index et son pouce.

— « Faite pour ça » : vous voulez dire plus que pour Anet, par exemple ?

— Oui, répond-elle gravement. Je me sens maintenant beaucoup plus attirée par le mystère géologique de ces cavités naturelles que par celui des vieilles pierres. Mais attention, je ne regrette rien. J'ai passé d'excellents moments à Anet, comme je vous l'ai déjà dit.

Bressac reste silencieux un instant et lance à brûle-pourpoint :

— Vous faisiez les groupes étrangers à Anet ?

Elle marque une légère surprise.

— Un guide qui ne parle pas au moins une langue étrangère a désormais peu de chances de faire carrière dans ce métier. Pourquoi vous me demandez ça ?

— Oh, comme ça. Bon, d'accord, je reconnais : c'est idiot, comme question.

Lydie s'appuie, bras tendus, sur le rebord de la fenêtre ouverte et contemple le jardin encore vierge de fleurs, au fond duquel s'élève la grosse maison du propriétaire des lieux. Bressac se tient à quelques mètres derrière elle. Il ne peut faire autrement qu'admirer, lui, la silhouette harmonieuse qui se découpe dans la lumière encore un peu froide de cette belle journée de fin d'hiver.

— Ma formation à Padirac implique la pratique courante de l'anglais, dit-elle en fixant le muret de pierre calcaire qui délimite le terrain de la maison.

Elle se retourne soudain vers lui.

— Vous-même parlez anglais, je suppose, monsieur Bressac ?

— Bien entendu. Vous le savez, je traite particulièrement avec une clientèle britannique. Sans négliger les Allemands ainsi que les Néerlandais, qui parlent aussi l'anglais. Comment pourrais-je exercer ce métier sans cela ?

— Voilà, vous en conviendrez donc : comment pourrions-nous pratiquer notre profession sans l'apport des langues étrangères ?

— J'en conviens, chère mademoiselle, j'en conviens. Alors, donc, comment dire… *does this charming place agree to you ?*

Antoine Bressac ressent un curieux mélange d'impressions en marchant à quelques centimètres de cette jeune femme aussi délicieuse que mystérieuse tandis qu'ils rejoignent sa Talisman. Elle paraît se mouvoir avec une lenteur irréelle, comme si le temps autour d'elle n'avait plus d'importance. Son indéniable beauté le captive comme rarement il l'a été auparavant. Et Dieu sait qu'il a eu le luxe suprême de toujours pouvoir choisir la belle qu'il pourrait tenir entre ses bras ! Mais Antoine Bressac a aussi appris à réfréner ses pulsions et à maîtriser ses attirances.

Sans pouvoir expliquer pourquoi, il sent qu'il ne faut en rien brusquer les choses avec cette fée venue d'il ne sait où. Il doit apprendre à la connaître, à l'approcher. Son expérience certaine dans l'appréciation de la gent féminine lui signale l'exception chez cette jeune femme hautement désirable. À lui, ensuite, de se faire désirer.

Pour, plus tard, la désirer lentement et pleinement.

Lydie range ses quelques verres et assiettes dans le placard au-dessus du plan de travail du coin-cuisine, situé à droite en entrant dans le salon. Elle a ouvert en grand l'unique fenêtre donnant sur le jardin pour laisser pénétrer le soleil – qui, décidément dans cette région, semble ne jamais vouloir cesser de briller – et redonner un peu de vie et de fraîcheur à ce logis bouclé depuis l'été dernier. L'endroit sent encore le renfermé et elle ne supporte en aucune façon les pièces hermétiquement closes.

Elle entreprend ensuite de placer les couverts et ustensiles de cuisine dans le tiroir prévu à cet effet, ainsi que sa serviette de table. Vivant seule, elle n'a que peu d'affaires, et la taille restreinte ainsi que l'aspect meublé de cette petite maison lui conviennent finalement parfaitement.

Elle sort d'un carton les livres qu'elle a apportés et les dispose sur les petites étagères surplombant un canapé un peu décrépit, dans l'angle de la pièce.

Elle pose ensuite, sur la table basse, le manuel qu'on lui a remis au début de son stage. La formation de guide polyvalent est intensive et inclut, en plus, le maniement délicat de la lourde barque sur la rivière souterraine, qui serpente sous les voûtes luisantes, à une centaine de mètres de profondeur sous la surface du causse. De belle stature et avec un solide passé sportif qu'elle a bien mis en valeur lors de l'entretien d'embauche, Lydie s'accoutume assez rapidement au pilotage de cette embarcation pouvant contenir jusqu'à onze personnes, pour la plus grande satisfaction de son tuteur. Parallèlement à cette épreuve physique, elle doit préparer la partie théorique – à commencer par la connaissance parfaite de l'historique de la découverte du gouffre, de son équipement progressif au fil des ans, des caractéristiques de toutes les salles, des concrétions notoires, de la géologie du calcaire environnant, et enfin du trajet de cette rivière glacée qui renaît à quelques kilomètres de là, au bas du cirque de Montvalent, dans la vallée de la Dordogne, au lieu-dit de la Fontaine Saint-Georges. Une grosse période de travail en perspective, mais le jeu en vaut la chandelle.

Elle passe ensuite dans la petite chambre attenante au séjour pour sortir de sa grande valise ses vêtements entassés – des t-shirts, des tenues de sport, des sous-vêtements et ses quelques affaires un peu plus « habillées », comme la petite veste vert pistache et son pull prune. Elle les accroche dans la penderie, à côté d'un blouson, d'un manteau et de sa tenue réglementaire de guide. Une voix d'homme l'interpelle alors depuis le salon.

— Bon, bé, j'ai fini, moi.

Elle retourne voir l'électricien, qui travaillait dans la cuisinette et qui est en train de remiser ses outils dans la boîte contenant tout son matériel d'intervention.

— Alors, comme convenu, je vous ai installé le petit néon au-dessus de l'évier pour que vous y voyiez un peu mieux pour votre vaisselle. Et puis je vous ai installé une prise, comme vous me l'avez demandé, en bas de la gazinière.

— Merci, c'est parfait.

— Voilà. Bon, vous inquiétez pas pour la note : comme je vous l'ai dit, je fais au mieux. Quand c'est M. Bressac qui me recommande un client, je le soigne… Tiens, la prise, bé… je vais même pas vous la compter, voyez !

— C'est très gentil à vous. Vous n'aurez qu'à me déposer votre facture dans la boîte aux lettres.

Au moment où l'utilitaire de l'artisan démarre et s'éloigne de la maison, le portable sonne. Lydie regarde le nom du correspondant s'afficher : *Antoine Bressac.*

— Bonjour, je ne vous dérange pas, au moins ?

— Bonjour. Non, pas du tout. On peut même dire que vous tombez au bon moment : le plombier et l'électricien que vous m'aviez indiqués ont fini leur travail. L'électricien vient à l'instant de partir.

— Ils ont bien travaillé ? Vous êtes contente ?

— Aucun problème. Ils m'ont même fait tous les deux une fleur sur leur facture à venir. J'ai l'impression qu'être recommandée par vous est un sésame précieux ici, dites-moi ?

— Oh, ce n'est pas grand-chose, vous savez. Ce sont d'excellents professionnels que je place souvent sur des chantiers importants dans les maisons à rénover. Ils peuvent bien, en retour, accorder quelques petites largesses à mes clientes moins fortunées.

— À vos clientes seulement ?

— Façon de parler, bien entendu.

— J'entends bien.

— Bon, je voulais juste vérifier que tout se passait bien. Je vous laisse à votre installation. Si vous avez besoin de quoi que ce soit, vous n'hésitez surtout pas. Je ferai tout ce qui est en mon modeste pouvoir pour vous rendre service.

— Je n'y manquerai pas. Et je vous remercie encore pour tout ce que vous avez déjà fait pour moi.

— Je vous en prie, c'est tout naturel.

Lydie éteint son mobile et le pose sur le petit bar séparant le coin-cuisine du reste du salon.

Antoine Bressac est décidément charmant et prévenant.

Elle attrape le long paquet cartonné qu'elle a acheté, il y a deux jours, dans un magasin discount d'électroménager, à Souillac. Elle coupe le Scotch à l'aide d'un cutter et extrait une double plaque de cuisson électrique, dont elle parcourt rapidement le mode d'emploi avant de la brancher à la prise nouvellement installée par l'électricien.

Elle pose alors directement la plaque électrique sur le couvercle fermé de la gazinière.

Viroflay, novembre 2011

Delphine Lacour rabat lentement *Le Parisien*, grand ouvert sur le plan de travail de sa cuisine. Elle boit la dernière gorgée de café tiédi dans le mug, qu'elle pose à côté du quotidien francilien. Elle fixe, d'un regard vide, la page du journal où s'étale la photo de la maison des Ercolani prise l'an passé, avec au-dessus le titre de l'article, qui danse devant ses yeux : *La thèse du suicide finalement retenue dans l'enquête sur l'intoxication au gaz à Viroflay en 2010.*

Delphine repasse le film dans sa tête : les ambulanciers sortant une à une les civières recouvertes d'une house blanche de la maison des Ercolani, la baie de la cuisine grande ouverte en ce matin froid et humide d'automne, le flic mal embouché qui l'interroge avec rudesse, et puis ses questionnements personnels sur la vie de son amie et de son mari.

« Comment il s'appelle, ce policier, déjà ? » Elle cherche dans l'article : *capitaine Bruno Lauvergeat*. Il l'a convoquée dans ses bureaux de Versailles l'an passé. À peine plus aimable que lors de leur première rencontre glauque. Elle a répondu docilement à ses questions, mais n'a pas voulu lui parler de ce que lui avait confié Martine à propos du travail de Patrick. Trop personnel, que du ressenti, rien de concret. Si elle avait livré ses impressions à ce type, elle se serait engagée personnellement. Elle a pesé le pour et le contre. Elle avait vu la santé de Patrick – et son aspect physique – se dégrader de semaine en semaine. Il semblait déjà parti dans un autre monde les derniers jours. S'était-il réellement retrouvé dans une situation tellement sans issue qu'il n'avait plus eu qu'un unique moyen de la quitter ? Martine lui avait confié combien elle sentait son mari démuni face à la pression collée par sa boîte, face aux échéances qu'il devait tenir. Les objectifs à atteindre, les résultats à obtenir coûte que coûte. Le stress, l'angoisse, les nuits blanches qui succèdent aux nuits blanches. La rentabilité maximale érigée comme une règle d'or. Une règle que l'on ne discute pas.

Delphine relit une partie précise de l'article, puis prend sa décision.

Elle compose le numéro du SRPJ de Versailles.

*
* *

— Vous avez lu comme moi le journal, madame.

— Oui, et c'est pour ça que je viens vous voir.

Pour la première fois depuis leur rencontre dans la maison des Ercolani, Bruno Lauvergeat abandonne son masque de bouledogue renfrogné et essaie d'adopter, à l'égard de Delphine Lacour, un air de bienveillance censé convaincre au mieux son interlocutrice de l'argumentaire à venir.

— Vous me dites que Patrick Ercolani était mis sous pression par sa société pour dégoter de nouveaux marchés, faire entrer de nouveaux budgets, qu'il n'en dormait plus, qu'il était au bout du rouleau, et tout le reste. OK. Que l'ambiance dans la boutique était exécrable, qu'il s'en plaignait amèrement auprès de sa femme et qu'il n'était plus le même homme depuis des mois. OK. Et que c'est la raison qui l'aurait poussé à se supprimer avec toute sa famille. On est d'accord ? Bien. Et vous vous imaginez que nous allons ouvrir une enquête pour épingler les méchants patrons qui terrorisent leurs employés ? Mais madame, il faut une plainte pour cela. Une plainte pour harcèlement moral, déposée en bonne et due forme auprès du parquet par des proches de la victime ou par des représentants du personnel de l'entreprise incriminée. C'est une action concertée et réfléchie. Nous n'avons ici rien de tel. Vous n'avez que les confidences d'une épouse. Qui nous dit que ces confidences sont fiables ? Qui nous dit que Ercolani et sa femme n'avaient pas de graves problèmes, conjugaux ou autres, qui ont amené à l'issue fatale ?

— Mais on a trouvé du Rohypnol en grande quantité dans le sang des filles et de Martine. Et il y a la lettre manuscrite, authentifiée comme étant de la main de Patrick, disant sa volonté de quitter ce monde en emmenant avec lui tout ce qu'il avait créé de plus cher, à savoir sa famille. C'est l'acte d'un homme désespéré. Désespéré et poussé à bout par des conditions de travail de plus en plus dégradées et insupportables.

— Je vous en prie, soyez gentille de ne pas me résumer l'enquête : je la connais, c'est moi qui l'ai menée. Comment pouvez-vous affirmer que ce sont ses conditions de travail qui l'ont poussé à l'irréparable ? Encore une fois, vous nous apportez de vagues impressions. Nous nous basons, nous, sur des faits, sur des présomptions incontournables et graves.

— Parce que, trois morts et une gamine qui n'est pas passée loin, c'est pas grave pour vous ?

— Mais évidemment que c'est grave. Ne me faites pas dire ce que je n'ai pas dit ! J'essaie simplement de vous expliquer que, des cas comme celui-là, on en a malheureusement des dizaines par an. Les temps sont devenus durs pour tout le monde, et il y a des gens qui craquent. Mais on ne peut pas déclencher une enquête dès que quelqu'un a décidé de se supprimer parce qu'il n'y arrivait plus. Nous pouvons être saisis par le parquet dans le cas d'un suicide sur le lieu de travail, mais seulement si une plainte est déposée. Ici, nous avons affaire à un cas isolé. Ni vous ni nous ne savons si M. Ercolani n'avait pas des dettes de jeu, par exemple, ou bien une liaison extraconjugale impossible à vivre. Si sa femme ne le trompait pas, ou encore s'il n'y avait pas une histoire d'argent là-dessous. Vous le savez, vous ?

— Mais bien sûr que je le sais ! Enfin… j'étais suffisamment proche de Martine pour pouvoir l'affirmer. Ce qu'elle me confiait était indiscutable, et je voyais bien comment ce pauvre Patrick dépérissait à vue d'œil.

— Il vous en a parlé personnellement ? Il vous a dit que son patron lui menait la vie dure et qu'il songeait à en finir ?

— Non… non, évidemment, nous n'avions pas ce degré d'intimité, avec Patrick. Les femmes se livrent plus entre elles. Mais Martine me l'a souvent dit les derniers temps : Patrick n'avait plus de vie à lui, son patron exigeait tout de lui, apparemment pour tenter de redresser une boîte dont la gestion semblait assez discutable. Je ne sais pas jusqu'où allait cette pression, Martine ne m'a peut-être pas tout dit, après tout, mais j'ai vu comment un homme pouvait se transformer en fantôme. Je l'ai vu, de mes yeux vu !

Lauvergeat se lève et contourne son bureau.

— Écoutez, madame Lacour. À titre personnel, je veux bien comprendre votre révolte face à ce qui est arrivé à votre amie. Et je vais même vous dire mieux : je ne mets pas en doute ce qu'elle a pu vous confier. Mais comprenez bien que, pour la justice, les mots « semblait », « apparemment » ou « peut-être » ne sont qu'impressions personnelles. Il n'y a absolument rien, là-dedans, qui pèse assez lourd pour mettre en branle une enquête destinée à attraper d'éventuels harceleurs. Aucun juge ne retiendra ces assertions, je peux vous le garantir. C'est malheureusement tout ce que je puis vous dire sur ce cas précis.

Au moment où l'OPJ ouvre la porte de son bureau pour renvoyer Delphine à ses sombres divagations, celle-ci le regarde droit dans les yeux.

— Donc, vous n'ouvrirez pas une enquête ?

— Nous en avons ouvert une à la suite du décès accidentel de M. et Mme Ercolani et de leur fille. Nous en avons tiré les conclusions que vous avez pu lire dans la presse. Le dossier est clos, madame.

— Je vois. Et il vous a fallu un an pour arriver à ça ? Quand ça se passe dans une multinationale avec des syndicats forts en gueule et des caméras prêtes à filmer pour passer au 20 heures, là, on veut bien rouvrir une enquête.

— S'il vous plaît, ne devenez pas désagréable. Ce n'est pas aussi simpliste que vous voulez le faire croire.

— Et si Laura parle ?

— Laura Ercolani ?

— Oui, Laura. Elle est enfermée dans son mutisme pour l'instant, mais elle est bien suivie. Les médecins pensent qu'elle pourra bientôt reprendre une vie normale chez son parrain, qui va l'accueillir à sa sortie d'hôpital.

— Que voulez-vous qu'elle dise ? À moins d'une révélation exceptionnelle, son témoignage ne sera que celui d'une fille n'étant pas forcément au courant de tous les tenants et les aboutissants de la vie intime de ses parents. Vous voyez ce que je veux dire ? Cela dit, soyez rassurée : je la recevrai volontiers si jamais elle veut nous confier quelque chose qui pourrait relancer le dossier.

Lauvergeat ouvre alors la porte de son bureau, manière d'indiquer clairement à Delphine que, cette fois, il a bien mieux à faire que d'écouter les élucubrations d'une bonne femme déboussolée en mal de justice.

*
* *

C'est peu dire que Delphine Lacour est en colère. En colère contre la disparition des Ercolani, en colère contre l'immobilisme des autorités au sujet de ce cas isolé qui semble n'intéresser personne, à part elle-même.

Elle ne connaît aucune famille proche de Martine et Patrick. Elle a juste vu la mère de Martine à l'enterrement, ainsi que deux ou trois vagues cousins ou cousines. Pas grand monde du côté de Patrick, qui avait perdu ses deux parents quelques années plus tôt. Tous ces gens vivent en province et ne voyaient le couple et les enfants que de façon extrêmement épisodique, d'après ce qu'elle a cru comprendre. Si elle veut en savoir plus sur le quotidien de Patrick, professionnel et personnel, il faut manifestement s'adresser ailleurs.

Elle se rappelle alors une récente soirée chez Martine et Patrick, une soirée relativement déprimante où elle a papillonné sans conviction autour de quelques personnes piochées au hasard, comme cela se passe un peu trop souvent dans ce genre de pince-fesses où l'on réprime de violents bâillements en regardant discrètement sa montre, au milieu d'invités dont on n'a que faire pour la plupart.

Martine s'affairait du mieux qu'elle le pouvait pour s'occuper de ses hôtes. Elle jouait manifestement le rôle bien appris de l'hôtesse enjouée et prévenante, mais Delphine la connaissait trop pour ne pas s'apercevoir de la dérisoire énergie qu'elle déployait afin de remplir le vide qui l'étouffait. De son côté, Patrick semblait hermétique à tout ce qui l'entourait, et discutait de tout et de rien avec qui voulait bien l'aborder. À vrai dire, cela arrivait de moins en moins souvent au fil de la soirée tant la clarté de sa conversation baissait au même rythme que le niveau de la bouteille de whisky se trouvant toujours à portée de main. Delphine se tenait en retrait, près d'une fenêtre, observant Martine et Patrick, enfermés dans leurs bulles respectives. Elle était malade de voir cette comédie que le couple s'imposait pour donner le change à tous leurs amis réunis dans cette ambiance artificielle et dont la vacuité lui sautait soudain aux yeux.

C'est à ce moment qu'un homme s'est placé à ses côtés pour lui dire quelque chose de grandiose, du genre :

« C'est vraiment une belle soirée. Vous connaissez Patrick et Martine depuis longtemps ? »

Delphine l'a regardé d'un œil torve et lui a renvoyé un retour de service assez inattendu :

« Ça doit faire un bout de temps que vous n'êtes pas allé dans une "belle soirée" pour trouver celle-ci réussie. »

L'homme, de belle stature, l'a dévisagée à son tour avec un sourire ironique.

« Vous, vous avez le vin triste ou vous n'arrivez pas à digérer la rupture ?

— Ni l'un ni l'autre. Frédéric, mon mari, est là-bas en train de taper la discute avec le grand type aux lunettes d'écaille, et je n'ai bu qu'une seule coupe de champagne. Puisqu'on en est aux confidences, j'ai connu Martine par les enfants et l'école, il y a quelques années, et j'ai ainsi fait la connaissance de son mari. À vous !

— À moi… Bon, avec Patrick, on se connaît depuis l'école primaire. Copains d'enfance, comme on dit. C'est mon meilleur pote.

— Et ça vous fait rien de voir votre meilleur pote se poivrer le nez tout seul dans son coin, tout ça parce qu'il sent qu'il va péter un câble ?

— Bon, écoutez… je suis désolé si je vous ai importunée. Vous semblez ne pas avoir envie de parler, je me retire et vous souhaite malgré tout… une bonne soirée. »

Delphine a failli rattraper l'homme par la manche, mais cela a été le ton de ses paroles, d'un seul coup plus amènes, qui l'a fait se retourner.

« Excusez-moi, vous avez raison. Je suis un peu à cran… Désolée. Mais je suis un vrai buvard : j'absorbe jusqu'à la dernière goutte le terrible mal-être que sont en train de vivre ma copine et son mari. Je sais qu'il a d'énormes difficultés dans son boulot, qui le rongent petit bout par petit bout, et je vois que leur couple est en train de partir en lambeaux. C'est ça qui me fiche la misère dans la tête.

— C'est lui qui vous a parlé de ses problèmes ?

— Non, c'est elle. Vous devez également être au courant en tant que… meilleur pote. »

L'homme a jeté un coup d'œil à Patrick, puis est revenu à Delphine.

« Ça me mine aussi, croyez-moi. J'ai toujours connu Patrick plein d'entrain, allant de l'avant, toujours optimiste. Maintenant, c'est tout le contraire. On en parle évidemment, mais…

— Qu'est-ce qu'il vous a dit ?

— Ben, j'imagine que vous en savez autant que moi, puisque vous l'avez mentionné : son boulot lui pompe de plus en plus d'énergie et il ne s'y retrouve plus.

— Je n'en sais pas beaucoup plus, pour tout vous avouer. Je suis surtout amie avec Martine via nos enfants. Je m'appelle Delphine, et vous ?

— Bastien. Bastien Delvaux.

— Et vous êtes également dans la com', Bastien Delvaux ?

— Absolument pas. Je suis dans les boulons et les rondelles. En fait, j'ai un garage automobile à Meudon. »

Delphine n'a pas jugé utile de demander des explications supplémentaires à ce Bastien sur son travail tant la chose automobile lui passait largement au-dessus du ciboulot. Ils ont continué à parler un petit moment avant de se séparer et de se dissoudre dans l'assemblée.

Sauf qu'aujourd'hui, elle aimerait bien revoir Bastien Delvaux pour essayer d'en savoir plus sur Patrick et son boulot.

La seule solution est d'allumer son ordinateur et de recenser tous les garages de Meudon. Il n'y en a pas quarante mille, et Delphine les appelle un par un, en demandant à parler à Bastien Delvaux. À chaque fois, on lui répond qu'elle fait erreur, qu'il n'y a personne répondant à ce nom. Elle repasse sa liste à la loupe. Elle a pourtant fait tous les concessionnaires et agents des grandes marques, françaises et étrangères. Il lui a bien dit Meudon, bon sang ! Elle en est quasiment sûre. Mais, si jamais sa mémoire lui joue un vilain tour et que c'est une autre ville, la quête s'avérera autrement plus fastidieuse. Elle tape plusieurs versions de sa recherche, sans résultat, jusqu'à ce que *réparation automobile toutes marques* lui indique enfin une adresse qui n'est pas apparue jusque-là : *BDG, entretien et réparation de voitures de collection.*

On décroche au bout de la troisième sonnerie et une voix féminine lui demande de patienter quelques instants. On va lui passer Bastien Delvaux.

*
* *

En ce bel après-midi d'automne, qui illumine les feuillages mordorés de la forêt de Meudon toute proche, Delphine Lacour pénètre dans un splendide hangar en bois où sont rangées de rutilantes autos appartenant à une autre époque. Malgré sa méconnaissance totale des voitures en général – et son désintérêt tout aussi absolu –, elle est forcée d'admettre, en son for intérieur, que ces voitures-là ont quand même une sacrée gueule.

Alors qu'elle marche négligemment devant les basses carrosseries racées, Bastien apparaît à la porte d'un bureau attenant au hangar et convie Delphine à y entrer. Le bureau est spacieux et assez luxueux. Un luxe typé « outre-Manche », avec ses fauteuils club en cuir vieilli, ses boiseries élégantes et sa belle table basse en acajou, sur laquelle sont posées différentes revues traitant de l'automobile ancienne.

Assez surprise par cet environnement atypique en regard de sa représentation personnelle d'un garage, Delphine observe tout autour d'elle les innombrables objets, statuettes et bronzes ayant tous trait à l'automobile. Des volants en bois et métal ajouré, des casques, des gants, des objets d'art, quelques pièces mécaniques sous Plexiglas, des photos de courses anciennes encadrées.

— Vous m'avez donc retrouvé. Ça doit être important, j'imagine, lui dit Bastien avec un petit sourire.

— Assez, oui. Mais j'ai eu du mal à vous localiser. En fait, je m'imaginais un garage « normal », comme celui où je fais entretenir ma petite voiture, vous voyez ? Donc, vous êtes spécialisé dans les voitures anciennes ?

— Anglaises de surcroît. Avec un gros penchant pour les Lotus. Mais nous accueillons bien volontiers les MG, Triumph et autres petits cabriolets britanniques. Il n'y a que les Jaguar et les Aston que nous ne prenons généralement pas, sauf exception, car ce sont là des autos qui demandent des compétences bien spécifiques. Et on ne peut pas être performant en tout. À un certain degré d'exigence, il faut savoir se spécialiser pour être crédible. Vous vous y connaissez en automobiles ?

— Pas du tout !

— Je m'en doutais un peu. Alors, dites-moi ce qui vous amène.

— Patrick.

— Je m'en doutais un peu là aussi. C'est à cause de la conversation que nous avons eue lors de cette soirée si… « réussie » d'il y a deux ans ?

— Oui. J'aurais aimé pouvoir vous en parler plus tôt. Pour tout dire, je pensais vous voir à l'enterrement…

— J'aurais tant aimé y être, croyez-le. Mais le jour où Martine, Patrick et leur fille ont été mis en terre, j'étais au fin fond de l'Écosse en train de négocier un achat très important pour l'un de mes clients français. C'était un gros contrat, une négo prévue depuis quelque temps avec un collectionneur pas facile à manipuler. Je ne pouvais tout simplement pas dire : « *Sorry, mister*, je vous quitte parce que mon meilleur pote vient de se supprimer avec toute sa famille. » J'en étais malade, mais il y a des moments où la vie professionnelle se fait tyrannique.

— Vous n'avez pas à vous justifier, soyez rassuré de ce côté. C'est justement à propos de vie professionnelle tyrannique que je voulais vous revoir. Pour causer un peu de celle de Patrick.

— Mais, si je puis me permettre, qu'est-ce qui vous intéresse tant là-dedans ? Ils sont morts, ça les fera pas revenir. On dirait que vous faites une fixation sur ce problème. On ne sait pas ce qui a poussé Patrick à commettre cet acte terrible. Peut-être son boulot, peut-être autre chose. Il n'a rien laissé comme explications dans sa lettre manuscrite.

— Ben justement, moi, j'ai envie de savoir. Votre argument, le flic qui a dirigé l'enquête à Versailles me l'a ressorti l'autre jour. Ils ne feront rien pour rouvrir le dossier, croyez-moi ! Et moi, ça ne me va pas. Parce que j'en ai marre de cette société où l'humanité se débine chaque jour un peu plus devant le rendement et le profit à outrance. Parce que je suis persuadée que Patrick a commis l'irréparable, car on lui demandait de pousser toujours plus les feux et qu'il n'y arrivait tout simplement plus. Parce que Martine m'a parlé de son patron en des termes peu reluisants. Parce que Patrick, Martine et Sophie sont morts, et que ce mec est quelque part, peinard, à peut-être continuer ses insidieuses saloperies. Voilà pourquoi je veux savoir. Et comme je suis têtue comme une mule, je vous garantis que je vais passer du temps et dépenser de l'énergie pour aller au bout de mes questionnements. Ça sera peut-être ma façon personnelle de faire mon deuil.

— Bon, d'accord, d'accord. Mais qu'est-ce que vous voulez que je vous dise ? Je ne le connaissais pas, moi, son boss.

— Mais vous connaissiez bien Patrick, et il se confiait à vous. Je veux remonter jusqu'à ce type. J'ai appris, par Martine, qu'il avait une agence à Issy-les-Moulineaux ou à Paris, je ne sais plus.

— Paris d'abord, puis ils ont déménagé à Issy. C'est d'ailleurs à ce moment-là que les relations se sont tendues entre Patrick et son patron. La boîte s'appelle Buzz Events si mes souvenirs sont exacts. Vous trouverez donc facilement leurs coordonnées sur le Net.

— Et son patron ?

— Patrick a probablement dû me dire son nom, mais honnêtement je vous avoue que ça m'est entré par une oreille et c'est sorti par l'autre. Ce que je sais, par contre, c'est qu'il ne le supportait plus, ça, c'est sûr. Patrick était devenu complètement désabusé, voire aigri, par rapport à son travail.

Bastien Delvaux se cale au fond de son fauteuil et met carrément les pieds sur la table basse, comme pour se relaxer et mieux préparer ce qu'il va dire.

— Au début, c'était motivant. Patrick était super content de bosser dans cette boîte. Petite structure où tout le monde, en théorie, peut se faire remarquer. Les affaires entraient, la boutique tournait pas trop mal, il se sentait investi de responsabilités gratifiantes. Puis, apparemment, il y a eu du mou dans la corde à nœuds : son boss est passé en quelques mois d'un patron charmant, poli, faisant confiance, à un négrier sans scrupules, insensible, demandant toujours plus à ses employés. En premier lieu à Patrick, qui était *le* directeur commercial de Buzz Events. D'après ce que je sais, les finances n'étaient plus florissantes et il fallait coûte que coûte décrocher de nouveaux contrats. Et c'est Patrick qui se tapait tout le boulot, son patron étant de plus en plus invisible dans l'agence.

— Comment ça, « invisible » ?

— C'est ce que Patrick me disait : il ne venait qu'épisodiquement, et forcément il était de plus en plus en décalage avec la réalité du terrain. Comme tous ceux qui ne s'occupent pas de leur business au plus près, il pédalait dans la semoule et tentait de masquer ses incompétences de plus en plus flagrantes en rejetant la faute sur les autres. Patrick me racontait comment il bossait jusqu'à pas d'heure avec les quelques employés qui devaient rester tard, le soir, pour monter en charrette des présentations pour le lendemain matin, où le boss tirait toute la couverture à lui devant les éventuels clients. Sauf que, vu qu'il connaissait mal les dossiers, il se plantait en beauté. Et là, Patrick ne pouvait plus rien faire pour rattraper la situation. C'était donc du travail intense fourni en pure perte. Naturellement, Patrick ne pouvait pas s'en satisfaire.

— Vous a-t-il dit pourquoi son patron ne venait que rarement à l'agence ?

— Vous allez rire – enfin, façon de parler –, mais il paraît que ce mec était un amateur de bagnoles de collection et qu'il passait plus de temps avec ses amis autophiles que derrière son bureau. Patrick m'a même dit un jour : « Si ça n'avait pas été lui, je te l'aurais présenté. Mais franchement, si je faisais ça, je ne te ferais pas un cadeau d'ami. » Moi, de toute façon, j'ai suffisamment de clients sympas avec qui j'entretiens de vraies relations de passionnés. J'ai pas envie de me coller un emmerdeur sur le paletot pour une ou deux bagnoles de plus.

— Je vois. Avait-il une idée – il était quand même haut placé dans la hiérarchie – de la raison de la mauvaise santé financière de l'agence ?

— Je ne pense pas... Il n'était de toute façon pas là pour vérifier les comptes. Tout ce qu'il voyait, c'était qu'après avoir viré le personnel en trop, l'agence faisait des économies de bouts de chandelles alors que, parallèlement, son patron continuait à mener grand train dans sa belle maison de Garches comme si de rien n'était. Je… je vais même vous confier… je ne sais pas si je peux dire ça… Bon, après tout, ça n'a malheureusement plus d'importance : un des rares dimanches qu'il avait de libres, Patrick est venu me voir, complètement déprimé. Et là, il m'a carrément annoncé qu'un jour, il allait « le tuer, ce mec » !

— Mouais… Il a malheureusement tué les siens. C'est bien ça qui me fout en pétard. Il n'a pas cherché à s'en aller, à trouver ailleurs ?

— Bien sûr qu'il y a pensé ! Il voulait même passer un bilan de compétences, comme la loi l'y autorise, histoire de voir s'il ne pouvait pas se recaser dans un autre secteur. Son patron le lui a refusé par deux fois, arguant – comme la loi l'y autorise là aussi – qu'il pouvait faire ce qu'il voulait en dehors des heures de bureau mais que, pendant, cela désorganisait la vie de l'entreprise : attitude totalement hypocrite, puisque le pauvre Patrick rentrait bien souvent chez lui vers 21 heures, voire plus, et arrivait le matin à 8 h 30 ! Voilà, c'est en gros tout ce que je peux vous dire sur Patrick et son univers de travail. C'est très vague et sans grande précision, hélas.

Delphine s'extrait du confortable fauteuil et sourit à son interlocuteur en lui tendant la main.

— Je vous remercie, c'est déjà beaucoup. Je vais localiser Buzz Events à Issy, et je verrai alors quelle stratégie j'adopterai pour entrer en contact avec le charmant dirigeant de cette florissante entreprise.

Rentrée chez elle, Delphine Lacour recherche vainement Buzz Events à Issy-les-Moulineaux. Aucune trace n'apparaît dans les fichiers des entreprises du 92. Par un lien détourné, elle apprend enfin ce qu'elle commençait à redouter au fil de ses recherches : Buzz Events a été mise en liquidation judiciaire à la fin de l'année précédente.

Martel, avril 2018

Le causse est balayé par une pluie torrentielle et la température affichée sur l'écran de la Talisman indique 8 °C. Finis les beaux jours annonciateurs d'un printemps précoce, c'est l'hiver qui effectue un petit rappel. Antoine Bressac gare sa voiture sur le parking de l'aéroport Brive-Vallée de la Dordogne, ouvre son parapluie et se dirige à grandes enjambées vers le hall d'arrivée. L'avion en provenance de Londres est annoncé à l'heure.

Antoine observe, en fronçant les sourcils, le biréacteur blanc entamer sa procédure d'atterrissage sous la pluie battante. Il prie très fort pour que les éléments climatiques se calment assez rapidement. Il doit faire visiter la maison sur la Dordogne au couple d'Anglais amenés par cet avion. Ils ont eu l'air extrêmement intéressés au téléphone et semblent vraiment avoir flashé sur le dossier photo montrant, sous un soleil flatteur, cette sublime demeure à la situation idyllique. Mais, sous la pluie et par ce froid de canard, le tableau risque d'être beaucoup moins attractif. D'un autre côté, Bressac a suffisamment d'expérience pour savoir que, si ces gens font plus de mille kilomètres en avion pour juger sur place, ils ne vont pas s'arrêter à une météo leur rappelant fâcheusement celle qu'ils ont laissée derrière eux en décollant de London City Airport.

L'avion roule lentement sur le tarmac, vers l'aérogare, quand Bressac sent son iPhone vibrer dans sa poche. Son fils aîné. Il habite à Paris avec son jeune frère, chez leur mère, dont il a divorcé voici quelques années. Il regrette de les voir si peu, ils sont loin. Mais il y a également tout ce qui lui pose problème depuis qu'il a quitté la région parisienne. Sans compter son ex-épouse : il est persuadé qu'elle fait barrage, dès qu'elle le peut, à des retrouvailles plus régulières. Alors, il communique par les autoroutes numériques. Surtout avec le plus âgé.

— Bonjour, William.

— 'Jour p'pa, ça boume ?

— Oui, super. Dis, je ne vais pas pouvoir te parler trop longtemps, je suis à l'aéroport de Brive et j'ai deux clients londoniens qui vont arriver d'ici quelques minutes. Tu as reçu mon message ?

— Ouais, mais tu veux quoi exactement ? Parce que, des photos d'Anet, j'en ai fait un paquet ce jour-là.

— Ben… tout. Fais-moi un WeTransfer et envoie-le-moi. Je trierai, ne t'inquiète pas.

— Bon, OK. Tu viens à Pâques ?

— Je ne sais pas encore. Tout dépend de mes affaires. Je suis sur un très gros coup, et il se peut que je doive recevoir mes clients à plusieurs reprises.

— Attends ! Tu nous as déjà dit ça pour les vacances de février. Tu peux bien le lâcher de temps en temps, ton boulot !

— C'est pas si facile, mon chéri, tu sais. Je me tue pour que cette boutique décolle et je suis justement en train de commencer à en toucher les dividendes. Je vous promets, à toi et à ton frère, que si je ne peux être avec vous à Pâques, je vous emmène dans un super endroit à l'Ascension.

— Pff ! Ça recule encore d'un mois !

— Je sais. Mais je te garantis que vous ne le regretterez pas.

— OK. Bon, le WeTransfer, je suis pas sûr de pouvoir te le faire ce week-end parce que j'ai des contrôles à préparer. La semaine prochaine, ça te va ?

— Écoute, pour être franc, non. J'aimerais vérifier quelque chose assez vite. Enfin, William, t'es un pro de l'ordi. Ça ne devrait pas te prendre tant de temps que ça, non ?

— Faut simplement prendre le temps de le faire, c'est tout… OK, t'as ça demain.

— Merci, mon gars… Ah, je te quitte, je vois mes Anglais qui arrivent. Bisous.

Antoine Bressac range son mobile dans la poche de sa veste et se dirige, en arborant un large sourire étincelant, vers un couple d'une soixantaine d'années.

— *Mr and Mrs Stanley ? Nice to meet you, I am Antoine Bressac. Welcome to South West !*

— *Oh, my God ! It's pouring cats and dogs !*

*
* *

Antoine Bressac gare sa Renault devant l'hôtel de l'Ancien Couvent, à Meyronne. Il en descend prestement et contourne le véhicule pour ouvrir galamment la portière passager à la gente dame d'Albion, pendant que son mari s'extrait seul de l'arrière de la Talisman. Il sort ensuite leur valise et désigne le soleil couchant, qui fait enfin une timide apparition entre les gros nuages noirs, en annonçant d'un ton légèrement emphatique :

— Voilà, ça se passe ainsi dans cette sublime région : le mauvais temps ne dure pas et le soleil brille à nouveau très vite. Je vous souhaite de passer une bonne soirée dans cet établissement d'excellente facture. Vous avez malheureusement visité cette sublime maison sous la pluie, mais puisque votre avion ne décolle qu'en début d'après-midi, demain, je vous propose de vous y ramener en fin de matinée, car la météo s'annonce radieuse. Qu'en dites-vous ?

— Oh, parfait ! répond le mari, ravi. C'est un super idée, c'est très aimable à vous. *Well*... à demain matin.

La Talisman s'éloigne du couple, qui s'apprête à entrer dans l'hôtel. La femme s'adresse alors à son mari avec un petit sourire :

— *Did you notice, dear ? Everything is « sublime » with him.*

— *Yes, I did. Funny. Those French !*

***

Sabrina Peyroux s'approche de Lydie Grondin au sortir de l'ascenseur qui vient de les remonter des profondeurs du gouffre de Padirac. Lydie semble pressée de s'extraire de la boîte métallique et n'accorde que peu de regards à sa collègue de travail. Celle-ci la rattrape néanmoins dans le hall du site touristique.

— Lydie, euh... je voulais te demander si tu serais des nôtres samedi pour fêter l'anniversaire de Julien.

— Samedi ? Non, vraiment désolée. Je vais profiter de cette journée de repos pour aller faire des courses à Brive. C'est la première fois que je peux le faire depuis que je suis arrivée.

— Mais t'inquiète pas, c'est le soir...

— C'est gentil, mais je risque de rentrer tard... de la famille à voir là-bas, aussi.

Sabrina hoche brièvement la tête, et Lydie lui décoche un sourire rapide avant de s'éclipser.

Elle ne se berçait guère d'illusions, mais elle a tenté le coup. Cette Lydie ne semble manifestement pas très désireuse de se mêler à la congrégation laborieuse du site de Padirac. Elle n'est là que depuis quelques semaines, mais c'est pourtant suffisant pour commencer à tisser des liens, surtout quand on passe le plus clair de son temps en vase clos sous terre. Elle est aimable, serviable à l'occasion, pas de soucis. Mais elle garde toujours ses distances, comme si elle refusait de se livrer.

« Finalement, c'est son problème », se dit Sabrina en se dirigeant vers sa voiture, garée sur le parking. « On ne lui demande pas de se confier, après tout. Si elle veut rester toute seule, tant pis pour elle. J'aurai en tout cas fait le nécessaire pour essayer de l'intégrer. Faudra pas qu'elle vienne se plaindre plus tard que personne ne veut d'elle ! En fait, celui qui va être le plus triste, c'est Julien. L'invitation, c'était quand même un petit peu pour lui parce qu'il a l'air d'en pincer assez fort pour cette nouvelle guide. Il faut le reconnaître, elle est quand même assez canon ! Et le Julien, ça se voit comme le nez au milieu de la figure qu'il a… Tiens, tiens, tiens ! Ben, on dirait qu'il est pas tout seul à s'intéresser à elle », rigole intérieurement Sabrina en apercevant, au bout du parking, une Talisman gris métal, dont la portière s'ouvre lentement. « Oh là là, quand je vais raconter ça aux autres ! »

Lydie vient de saisir les clés de sa Twingo dans son sac quand elle entend appeler gaiement son prénom.

Antoine Bressac est là, tout sourire, debout à la portière de sa rutilante berline. Il la referme nonchalamment et se dirige vers la jolie guide, les deux mains bien au fond des poches de son pantalon de velours vert bouteille.

— J'arrive de Meyronne à l'instant, une grosse vente qui a toutes les chances d'aboutir. Je le sens, ça va se faire !

Des Anglais qui sont en train de craquer totalement pour une maison au bord de la Dordogne. C'est une bonne journée pour moi, malgré ce temps peu engageant. J'ai pensé que c'était votre heure de sortie et j'ai décidé de vous inviter à boire un verre. On peut aller à Saint-Céré si vous voulez…

— Comment vous savez que c'est mon heure de sortie ?

— C'est l'heure où le gouffre ferme, il me semble.

— Oui, mais j'ai des horaires très fluctuants, vous auriez pu ne pas me trouver.

— J'avais décidé que c'était votre heure. Je vous l'ai dit, c'est mon jour, donc je ne pouvais pas me tromper.

— Quelle déduction ! C'est très aimable à vous, mais j'ai ma voiture qui m'attend. Et plein de tâches ménagères que je n'ai pas eu le temps de faire depuis une semaine.

— C'est pas grave. On va boire un verre, et je vous ramène à votre mignonne petite Twingo après. Alors ?

— Pff ! Mignonne ? La pauvre, elle est cabossée de partout, vous n'êtes pas difficile. Non, vraiment, je ne peux pas ce soir. Trop de choses à faire. Une autre fois.

— Quand ?

— Quand il fera beau. Et vous essaierez à nouveau de deviner mon heure de sortie, lance-t-elle, dans un petit éclat de rire cristallin, avant de s'engouffrer dans sa petite auto.

Elle regarde dans son rétroviseur l'agent immobilier planté au milieu du parking, puis le voit regagner sa lourde voiture. Un grand sentiment de satisfaction emplit son corps et elle étire longuement les bras sur son volant tout en jetant quelques petits coups d'œil à son rétroviseur.

Il ne pousse pas le bouchon à la suivre jusqu'à Martel.

« Il a de l'éducation, finalement », se dit-elle en allumant la radio. Un riff agressif de guitare emplit brutalement le petit habitacle. Lydie fronce le nez et saisit une pochette plastique dans le vide-poches. Elle enfourne dans la fente un CD, et la voix aigre-douce d'Emily Loizeau remplace l'électricité maximale, d'un coup castrée. Emily, qui bringuebale son piano et parle de « faire son potage à la nitroglycérine » à celle qui ose lui faire de l'ombre. Lydie sourit légèrement et regarde à nouveau dans le rétroviseur.

« Si tu me veux, il va falloir que tu t'accroches vraiment. Que tu me montres à quel point tu me désires.

Et moi, je vais te faire lentement mijoter.

À petit feu. »

*
* *

Antoine Bressac déchiffre le courriel de son fils en écarquillant les yeux.

histoire de m'en débarasé avant mes revisions, je t envoyé cet aprem le wetransfère d'anet. appeles-moi si t'a un probleme. bises. william. au fait, maman te fais dire que ça fait 2 moi que tu doit lui renvoyé le catalogue de la vente de chez poulin.

Il soupire en ouvrant le lien vers les photos : son fils a toujours été d'une nullité crasse en orthographe. Mais là, il faut reconnaître qu'il est en train de se surpasser ! Quant à sa femme, c'est la meilleure : Anne-Sophie ne s'est jamais intéressée aux enchères. Mais maintenant, il faudrait être le petit doigt sur la couture du pantalon pour quelques feuilles glacées, qu'elle ne parcourra pas si ça se trouve. Depuis leur séparation, ça n'arrête pas. Elle essaie constamment de maintenir la pression sur lui par tous les moyens imaginables, même les plus mesquins. Qu'est-ce qu'elle espère ? Le faire craquer ? Quelle petitesse d'esprit ! Le catalogue de la vente Poulain ! N'importe quoi ! Bon, alors, ces photos, ça donne quoi ?

C'était bien ce jour-là… Bressac est quasiment sûr de lui. Il y avait un autre groupe à côté d'eux, des Anglais ou des Américains – le tout est de savoir s'il a croisé l'objectif du numérique de William… Des gens apparaissent dans le coin gauche de l'une des photos. Sous-ex. La suivante est, à l'inverse, brûlée. On ne voit rien, juste la lumière vive provenant des fenêtres et qui découpe, de façon rugueuse, des silhouettes charbonneuses ! Bressac commence à s'impatienter et remarque, avec déception, que son fils semble aussi doué en photo qu'en orthographe ! « Bon Dieu, avec le numérique maintenant, c'est pas possible de louper des photos ! » Ah… celle-ci semble un peu mieux que les autres. Une belle salle que cette salle des gardes, avec ses grands portraits et ses bronzes de toute beauté. Les gens passent en « flouté » et la photo elle-même n'est pas très nette. Mais suffisamment pour découper certains visages. Dont celui de la guide, au centre, en train de désigner le tableau représentant Diane de Poitiers aux touristes qui l'écoutent, attentifs.

Antoine Bressac télécharge la photo, puis l'ouvre sous Photoshop. Il zoome sur le visage féminin et l'éclaircit d'un coup de luminosité. Il abandonne la souris et se cale au fond de son fauteuil en cuir en massant onctueusement ses joues, parsemées d'une barbe taillée très court.

« C'est pas si évident que ça. »

Paris, janvier 2012

Attablée derrière la bâche du grand café bordant la place Blanche, la jeune fille brune tire nerveusement sur sa cigarette, dont le bout rougeoie à l'extrême. Elle jette des regards anxieux autour d'elle, écrase son mégot dans le cendrier et finit sa bière. Elle fait claquer sa langue contre son palais, puis hèle le serveur en lui montrant son verre vide. Elle sort le paquet de cigarettes de la poche de son blouson en cuir noir élimé, passé sur un gros pull mauve, et allume une nouvelle clope. Le garçon dépose devant elle le verre de bière, dont elle boit une première gorgée, lorsqu'elle aperçoit la porte qui s'ouvre. Delphine Lacour pénètre sur la terrasse soi-disant fermée du café, celle où les fumeurs ont le droit de se noircir les bronches sous les chaufferettes, qui œuvrent à grands coups de mégawatts pour l'empreinte carbone de la planète.

Elle se lève vers celle qui accélère le pas en souriant. Elles s'embrassent et s'assoient face à face. Delphine regarde le verre entamé et la jeune fille manifestement embarrassée.

— Je vois que tu ne m'as pas attendue. Mais bon, tu as bien fait. C'est quoi ?

— Une Grim'…

— Ah, j'aime bien. Tiens, je vais en prendre une aussi. Comment tu vas ?

— Comme ci…

— Comme ci… comme ça ?

— Ouais, c'est à peu près ça.

Delphine observe la cigarette qui tremblote manifestement.

— Tu prends toujours des médicaments ?

— Ouais… mais ils m'ont diminué les doses. Le psy m'a dit qu'en février, il me remplacerait les antidépresseurs par quelque chose de plus doux.

Delphine acquiesce, tout en pensant que Laura a tout de même une sale tronche avec son teint blême et ses yeux cernés, encadrés par des cheveux sans vie noir corbeau et dont la propreté peut être mise en doute.

Depuis sa sortie de l'hôpital, elle n'a retrouvé goût à la vie que de façon mécanique. L'esprit est pour l'instant enfui, qui sait quand il reviendra… Trois semaines de coma, suivies par deux mois de réa et quatre de soins intensifs. Plus le suivi psychologique. Fort logiquement, Laura a redoublé sa terminale L, mais Delphine n'ose pas trop lui demander comment cela se passe au niveau des résultats. Elle n'est pas sa mère, et son parrain est en devoir de s'en occuper. Delphine est plus inquiète quant à la dérive sournoise qu'est en train de suivre cette fille qu'elle connaît depuis qu'elle est toute gosse. Elle sait qu'elle traîne souvent avec des gens pas très recommandables du XIXe, pas très loin de l'immeuble où elle habite maintenant, chez son parrain et sa femme, Philippe et Annie.

Delphine les connaît, évidemment. Ils sont gentils, mais assez insupportables par leur côté « balai dans le cul » et leur peur incessante de tous les malheurs potentiels qui pourraient leur tomber sur le coin de la figure. Et puis il y a leurs deux gosses, qui sont chiants comme la pluie en plein mois de juillet – il faut dire les choses comme elles sont – et que Laura ne supporte plus. Alors, elle se tire dès qu'elle le peut et zone dans certains immeubles de la rue des Flandres. Delphine a su, en outre, que Philippe avait dû un soir aller la chercher au commissariat de l'arrondissement. Elle avait été arrêtée avec d'autres jeunes pour un malheureux pétard fumé dans la rue. L'officier qui avait conduit l'affaire avait renoncé à la transmettre au procureur, compte tenu des antécédents récents de Laura, mais il avait clairement fait la morale à Philippe en lui expliquant : « Pour cette fois-ci, c'est carton jaune. Si on la reprend, c'est le rouge ! »

L'ambiance s'est depuis dégradée entre le couple et Laura. Elle a réattaqué sa terminale sans grande conviction apparente, mais bon… elle y est et n'est apparemment pas foutue dehors. Preuve à trois francs six sous qu'elle suit toujours ses cours !

Delphine regarde avec douleur Laura tirer sur son mégot incandescent.

— Écoute… je sais que je ne devrais pas te dire ça… je sais que ça sert pas à grand-chose, mais… tu sais, la clope, c'est bon pour personne, mais encore moins pour toi.

— Puisque tu sais que ça ne sert pas à grand-chose, pourquoi tu me le dis ? réplique Laura.

Elle rejette la fumée sur le côté et regarde, de façon faussement distraite, les gens se hâter sur le trottoir luisant de crachin glacé.

Quelque peu gênée, Delphine fait diversion en trempant ses lèvres dans la mousse de la Grimbergen que le serveur vient de déposer devant elle. Elle a beau se souvenir du rapport médical sur l'intoxication au gaz dans la maison, précisant que Laura avait vraisemblablement survécu grâce à l'éloignement de sa chambre de l'origine de la fuite

– mais aussi grâce à une constitution physique assez exceptionnelle –, elle a du mal à accepter de la voir se noircir les poumons avec cette saloperie de tabac. Laura la regarde avec une légère lueur d'intérêt dans ses yeux, autrefois limpides et devenus désormais sombres comme des terriers à taupes.

— T'as réussi à localiser les scories de Buzz Events ?

— Oui. Et ça, c'est la bonne nouvelle de la semaine. J'ai pris contact avec une nana, Anne-Laure de Guermesan. C'était la directrice artistique de la boîte. Je dois la voir après-demain. Tu la connais ?

— Je te le répète, Delphine : à part mon père, je n'ai jamais su qui bossait dans cette taule de merde. Je savais rien de ce qui se passait là-bas, ou presque. Il en parlait pas, tout simplement. Et qu'est-ce qu'elle t'a dit, cette fille ?

— Rien, encore. On a juste pris rendez-vous. Je ne sais même pas si elle a des choses intéressantes à me raconter. Mais comme elle a eu l'air assez excitée à l'idée de me voir, j'imagine que oui.

— Et le mec qui dirigeait ?

— Non, je ne sais rien. Je suppose que cette femme pourra m'en apprendre un peu sur lui. Écoute, ne soit pas si impatiente, dit-elle en lui prenant la main. On va arriver à reconstituer le puzzle. Je te le promets. Tu sais, dans ces cas-là, tout est tellement explosé qu'il faut du temps pour retrouver des gens qui ont peut-être de bonnes raisons de se faire discrets, à commencer vis-à-vis des fournisseurs. Et toi, tu bosses en ce moment ?

Elle ne peut se retenir de poser la question.

— Ouais, te bile pas. J'ai fait un premier trimestre pas trop moche, et en plus j'ai un prof de philo qui est vraiment un mec génial. Ce type est vraiment brillant :

quand il parle, on boit tous ses paroles. C'est cool ! Ça me soulage de la connasse que j'ai en anglais et qui n'arrête pas de nous gonfler avec Lady Diana. Tu te rends compte ? Ça fait quinze ans que cette pétasse est morte, et l'autre pouffe qui chiale presque à chaque fois qu'elle nous fait traduire un texte qui parle d'elle.

— Parce que j'imagine qu'elle a une sensibilité à fleur de peau. Comme toi, d'une certaine manière.

— Putain ! J'en ai plus en stock, de cet article-là, tu peux me croire, souffle-t-elle.

— Arrête, bon sang, Laura ! Sors un peu de ton tunnel, tu vas pas haïr le monde et l'univers toute ton existence. Tu vas avoir vingt ans, tu es une fleur prête à éclore, vis ta vie à fond. Regarde devant, Laura ! Le reste, je m'en charge.

Laura esquisse un petit rire ironique et allume une énième cigarette, lorsqu'elle tourne brusquement la tête vers la vitre et fait, d'un coup, un bond sur sa chaise.

— Attends-moi deux secondes, je reviens…

Delphine la regarde, à travers la vitrine, discuter sous la pluie fine avec deux types, dont l'un porte en bandoulière une house de guitare. Ils sont sapés gothique du bout des rangers à clous jusqu'au sommet des touffes capillaires noir corbeau. Des looks de mecs qui respirent autre chose que la santé. Delphine soupire en voyant Laura revenir à leur table, les cheveux plaqués sur le visage par la pluie.

— Des copains ?

— Ouais, on va voir un groupe de metal au Gibus, demain soir.

— Là non plus, je ne voudrais pas trop insister, mais tu fais gaffe, hein ? Tu sais ce que les flics te promettent s'ils te coincent avec un pétard. Ça ne rigole plus, Laura.

La jeune fille darde des yeux incendiaires dans ceux de son interlocutrice.

— Putain, Delphine, t'es venue pour me faire la morale ou quoi ?

— Laura !

— Mais non, merde ! Tout le monde me fait la morale ! Tout le monde veut mon bien ! Mais mon bien, ça va, je m'en occupe. Point barre !

Laura a haussé la voix et quelques têtes se retournent. Delphine encaisse sans broncher. Son interlocutrice enfouit sa tête dans ses mains et ses épaules s'agitent de façon arythmique. Delphine lui caresse doucement le front et attend. Patiemment. Comme à chaque fois que l'orage éclate et que les digues se rompent. Le visage réapparaît, rougi. Laura renifle et s'essuie le nez du revers de sa manche. Delphine lui tend un mouchoir en papier.

— Tiens, c'est quand même plus propre.

— Excuse-moi, Delph. J'arrive pas à lever la tête du guidon, à prendre un peu de recul. Tout ça m'oppresse tellement : le bahut, Philippe et Annie, et toute cette histoire qui va me poursuivre jusqu'à ma mort ! Et toi, tu te décarcasses pour m'aider… et moi, je t'engueule…

— C'est pas grave, murmure Delphine.

Laura fixe devant elle son briquet, qu'elle fait tourner dans ses doigts à une vitesse que Delphine estime ahurissante.

— On prend rien d'autre. T'inquiète. Là où on va, y a des mecs et des nanas qui se chargent au speed, mais nous, on est clean. C'est la musique, notre défonce. Bon, des fois, c'est vrai : ça m'arrive de tirer sur un tarpé qui tourne. Mais je t'assure : je le fais bien planquée dans un endroit que les flics savent même pas où il est.

— Dieu t'entende, mon enfant ! soupire Delphine en sortant son porte-monnaie.

*
* *

La bouche de métro de Saint-Denis – Porte de Paris vomit, dans la froidure nocturne, son flot de banlieusards abrutis par leur journée de travail. Tous ces gens qui n'ont plus les moyens de vivre intra-muros et que la belle et grande cité, que le monde entier nous envie, rejette impitoyablement vers des périphéries plus ou moins éloignées. On pourrait arguer que c'est pareil pour Londres, New York ou Tokyo, mais on a – d'après nos pédants économistes – un certain « retard à rattraper ». On peut être fiers, on s'est quasiment mis à la page !

Le contenu d'une rame entière se déverse à la surface de la ville, sur la chaussée luisante, où se reflète la lueur sale des éclairages publics. Les aiguilles de la pluie fine percent les vêtements et n'incitent pas à la flânerie nonchalante devant les vitrines. La plupart de tous ces enthousiastes participants à l'essor économique national ne traînent pas et rentrent à la maison. Certains passent quand même la porte de l'une des grosses brasseries clinquantes bordant le boulevard pour causer autour d'un demi ou d'un « jaune », avant de se rapatrier chez eux pour une soirée télé ou Internet. Il y a ceux qui passent chez le buraliste, au coin de l'avenue, pour faire des provisions d'encre et de nicotine, et ceux qui font un détour par le vendeur de pizzas dégueulasses parce qu'ils ont la flemme – ou l'incapacité – de faire autre chose pour le soir.

Et il y a Laura.

Habillée d'un jean et d'une paire de Converse, engoncée dans son blouson surmonté d'une grosse écharpe en laine, coiffée d'un béret violet qui englobe la totalité de sa chevelure, la main droite accrochée à la sangle d'un grand sac en cuir défraîchi et la gauche bien au fond de la poche de son blouson, elle traverse la grande artère et se hâte vers une petite rue attenante.

Elle marche à grands pas sur le trottoir jonché d'emballages de McDo, de canettes de bière et d'un squelette de scooter, attaché à un panneau de signalisation. Elle s'arrête un bref instant pour regarder derrière elle, puis tourne dans une nouvelle rue et arrive au pied d'un immeuble, où elle pousse la porte, qui ne ferme plus à clé depuis longtemps. Elle avance prudemment dans le hall d'entrée éteint – la lumière ne fonctionne également plus – et tente d'acclimater sa vision à cette pénombre qui ne l'effraie pas.

— Laura ?

La voix provient du dessous de l'escalier en béton.

— Ouais…

— T'es seule ?

— C'est bon, personne m'a suivie.

— T'es sûre de ce que tu veux ? On peut encore se casser, y a pas de souci.

— Non, on y va.

Un jeune homme sort de sa planque et entraîne Laura vers le fond de la cage d'escalier. C'est l'un des deux « gothiques » qu'elle a rencontrés cet après-midi, devant le café, à Blanche. Il ouvre une porte donnant sur une arrière-cour où sont entreposés des bidons métalliques d'huile et où pourrit une vieille Peugeot 205. Il l'aide à grimper sur l'un des bidons et lui fait enjamber le mur. Ils atterrissent dans une autre cour, cernée par des immeubles où sèche du linge aux fenêtres – enfin, où est censé sécher du linge – hérissées d'antennes paraboliques. Le gars pousse une porte vitrée qui débouche sur un couloir à la forte odeur d'urine. « Logique », se dit Laura en avisant, vissée sur une porte à gauche, une petite plaque indiquant : *Toilettes*.

Le gothique indique à Laura de rester en retrait. Il entrouvre une autre porte à droite, qui fait pénétrer dans le couloir un mélange hétéroclite de fumée de cigarette, d'odeur de bière bon marché et de musique électro déversée plein pot dans ce qui apparaît être un café assez branché. Un serveur, en t-shirt rouge et serviette jetée sur l'épaule, s'approche discrètement, écoute rapidement le gothique et s'en retourne sans piper mot. La porte se referme. Le gars adresse un pâle sourire à Laura, qui reste imperturbable.

La porte se rouvre et un homme de petite taille surgit dans le couloir, suivi par un gros balaise.

Sans une parole ni un regard, le duo entraîne Laura et son compagnon dans l'escalier. Les quatre pénètrent, au premier étage, dans une chambre qui a tout du meublé habité par un homme seul : lit défait, affaires personnelles en désordre sur la couverture et la chaise attenante, odeur caractéristique de transpiration et exhalaisons plantaires, mêlées à celles du tabac froid débordant du cendrier sur la table de nuit.

Le petit homme se penche sous le lit tandis que le géant se positionne devant la porte fermée, interdisant de fait aux visiteurs toute sortie sans autorisation. Laura avale lentement sa salive et ne peut s'empêcher de jeter un coup d'œil fugace à son copain, qui cette fois reste livide, le regard rivé sur le bonhomme qui ramène, de sous le lit, un petit sac de sport en Skaï craquelé.

L'homme se tourne vers Laura et lève son regard vers elle, étant plus petit de vingt bons centimètres. Ses longs cheveux frisés à la coupe incertaine encadrent un visage maigre où percent deux yeux rapprochés, qui lui donnent l'air de loucher. Une fine moustache borde la lèvre supérieure. Il interroge rapidement du regard le copain de Laura, avant de s'adresser à elle d'une voix étonnamment grave pour un aussi petit corps.

— Tu as l'argent ?

Sa façon de rouler légèrement les « r » fait imaginer à Laura qu'il vient des Balkans, ex-Yougoslavie ou Roumanie, quelque chose dans le genre. En guise de réponse, elle ouvre son blouson et en sort une enveloppe, qu'elle tend à l'homme. Celui-ci en extirpe une liasse de billets de cinquante, vingt et dix euros, et les compte avec une vitesse sidérante. Laura sait qu'il y a là trois mille euros, mais n'a même pas le temps matériel de recompter avec le gnome, lequel donne quelques billets au gothique et range le reste dans l'enveloppe, qu'il enfourne dans la poche intérieure de son blouson. Il ouvre le sac et en sort un paquet enveloppé dans un tissu gras, maintenu fermé grâce à un gros élastique. Il défait prestement le lien qui enserre l'objet, déroule le tissu et fait apparaître un petit revolver noir à crosse en bois. Il le tend à Laura, qui sent son cœur cogner de plus en plus fort dans sa poitrine.

— Ton copain, il t'a dit : numéro limé, tu tires une fois, tu jettes dans la Seine. *One shot, one kill.* T'as compris ?

Laura acquiesce de la tête tout en prenant livraison de l'objet.

L'homme lui tend ensuite un petit sac en plastique transparent contenant une carte d'identité.

Elle demeure glacée par son regard perçant et par la présence, dans sa main fine, du petit Smith & Wesson.38 Special, cinq coups, à canon court. Elle prend la carte, qu'elle range avec l'arme dans son grand sac. L'imposant acolyte du petit revendeur se décale alors et ouvre la porte menant vers le couloir, l'escalier et l'air libre.

Delphine a garé sa Fiat 500 comme elle a pu, à moitié sur la chaussée et le trottoir, dans ce quartier du XVIIe arrondissement proche de la porte Maillot. C'est l'avantage d'une petite voiture de pouvoir se loger dans un trou de souris. Mais là, elle a dû y entrer au chausse-pied. Pas très confiante en son créneau si peu académique, Delphine vérifie tout de même, avant de partir, que l'avant de son auto ne soit pas trop près de l'énorme pare-chocs arrière du gros 4x4 garé devant elle, ferme les portes d'un coup de bip, puis traverse la petite rue.

Elle marche quelques centaines de mètres d'un pas enjoué. Le soleil a fait son retour sur la capitale et la température est redevenue du coup agréable pour la saison. Elle déboutonne le haut de son imper noir et enlève son foulard pour le ranger dans son gros sac à main. Elle compte les numéros et, arrivée au 77, s'arrête devant une porte cochère, où elle appuie sur le bouton de l'interphone. Une voix féminine lui indique de monter au quatrième étage.

Là, une femme d'une quarantaine d'années l'invite à pénétrer dans son petit appartement.

— Vous prendrez un thé ou un café ? J'étais en train de faire bouillir de l'eau.

Anne-Laure de Guermesan est une femme assez jolie, au visage néanmoins un peu triste. Longs cheveux blonds en bataille, teint pâle et bouche légèrement tombante, elle répond aux canons d'une beauté un peu passée, celle du début des années soixante-dix. Elle est vêtue d'un gros pull aux teintes de l'arc-en-ciel enfilé sur une robe longue et légère de couleur lavande, et porte aux pieds des Crocs rose pétard. L'appartement sent l'encens, et de la musique folk sort de la petite chaîne accrochée au mur blanc de la salle de séjour. Delphine reconnaît instantanément le chant monocorde et lancinant d'Alela Diane, que son mari adore et a tendance à passer en boucle. Elle n'est elle-même pas fana, mais reconnaît que, dans le cas présent, la bande-son colle bien avec les images.

— Oui, un thé, si vous en faites.

— Vous aimez quoi, plus particulièrement ? Inde, Ceylan ou Chine ? Fort, délicat ?

— Je ne suis pas grande connaisseuse. Faites ce que vous vous aimez, ça m'ira de toute façon.

Quelques instants plus tard, Anne-Laure revient avec un plateau supportant deux tasses en porcelaine et une théière fumante.

— J'ai fait un Rose Himalaya aux fruits mûrs et aux agrumes confits. J'espère que ça vous plaira.

Les deux femmes dégustent la première gorgée du breuvage brûlant, quand surgit une petite poupée âgée de quelques années, habillée comme les petites filles des gravures victoriennes de la fin du XIXe siècle en Angleterre. Un léger zozotement lui confère un côté assez craquant.

— Maman, maman ! Tu viens m'aider à faire mon puzzle, z'y arrive pas.

— Astrid, mon amour, tu dis bonjour à… Delphine, c'est ça ?

Delphine opine de la tête, mais la poupée se cache avec une fausse timidité derrière sa mère en dévisageant l'étrangère d'un œil soupçonneux.

— Astrid, tu dis bonjour à Delphine ? répète la mère.

— Laissez-la, je sais ce que c'est. On se dira bonjour quand on se connaîtra mieux, hein, Astrid ? répond Delphine en souriant à la fillette.

L'enfant tortille sa robe avec ses doigts et se balance légèrement d'un pied sur l'autre, avant d'entreprendre à nouveau sa mère.

— Tu viens avec moi faire mon puzzle, maman ?

— Non, ma puce, je discute avec Delphine, tu vois. Je viendrai tout à l'heure.

— Non, tu viens maintenant, parce que le chat… eh ben, le chat… il va s'en aller.

Anne-Laure se lève lentement à contrecœur et se tourne vers Delphine.

— Je… je suis désolée. Je vais lui positionner les premières pièces… euh… je reviens.

Delphine lui donne l'absolution de la tête et accompagne du regard cette maman débordée qui suit sa fille tyrannique dans sa chambre. Elle en profite pour détailler la pièce autour d'elle en buvant, par petites gorgées, ce thé qui s'avère très parfumé.

C'est un séjour fourre-tout, où se côtoient des tas d'objets venus d'évidence d'Orient. Des sculptures, des statuettes, des draperies chamarrées. Des masques accrochés aux murs, des instruments de musiques ethniques, des gravures représentant des scènes de culture bouddhiste ou hindouiste. Manifestement des souvenirs de voyage en Inde ou dans le Sud-Est asiatique. Delphine se dirige lentement vers un grand bureau, logé sous l'une des deux fenêtres éclairant la pièce de la lumière rasante du soleil d'hiver. Le meuble est couvert d'un bazar assez impressionnant composé de feuilles volantes, de carnets de dessins, de feutres, de crayons, de quelques pinceaux, de pots d'encres de couleur, de sorties d'imprimante annotées manuellement. De cet amas à tendance graphique émerge un ordinateur portable, où Delphine peut lire ce qui semble être un brief d'agence pour un travail de conception.

— Ouf, ça y est ! Elle est lancée. J'espère qu'on aura un peu de tranquillité pour parler. Ah, vous regardez mes « œuvres »..., lâche-t-elle avec un léger mépris dans le ton.

— Oui. Vous êtes toujours dans la com', à ce que je vois ?

— Ben, c'est mon métier. Je ne sais rien faire d'autre.

— Vous travaillez dans... une nouvelle agence ?

— Non. Pas trouvé. Et puis j'en avais marre du carcan des agences. J'ai profité de la fermeture de Buzz Events pour me lancer en free.

— Ça marche ? Je veux dire, il y a du travail ?

— Oui, pour l'instant ça va à peu près. Mais c'est dur quand vous êtes toute seule. Et il faut que je m'occupe d'elle (elle désigne du pouce la chambre de sa fille), vu que son père est un jour descendu acheter le journal et n'est jamais remonté. J'ai quarante-deux ans, et parfois tout ça me pèse... Bon, je ne vais pas vous raconter ma vie. Vous vouliez que je vous parle surtout de celle de Patrick, c'est ça ?

— Oui, et de Buzz Events par la même occasion.

Anne-Laure de Guermesan lève les yeux au ciel et s'assoit à même le tapis en reprenant sa tasse de thé. Delphine opte, elle, pour le canapé rouge et les gros coussins violets et or.

— Eh oui, Buzz Events ! Pff… on y a tous cru, vous savez ? Au début, c'était une bonne boîte, avec des budgets intéressants.

— Vous faisiez quoi exactement ?

— De l'événementiel principalement. On montait des mises en scène d'actions commerciales pour de gros clients. C'est sympa, ça combine le graphisme, le stand, il y a du mouvement, ça doit être dynamique. Je crois qu'on aimait tous bien.

— Vous étiez nombreux ?

— Vingt-deux. Du coursier au boss, en passant par le standard, les commerciaux, les assistantes, les juniors et l'équipe « créa ».

— Dont vous faisiez partie.

— Voilà. J'étais même directrice de création ! En fait, c'était du pipeau étant donné que j'étais la seule créative et que j'avais un salaire qui faisait se tordre de rire mes copains directeurs artistiques dans les grosses agences de pub de Paris. Mais bon ! Dubreuil m'avait affublée du titre… peut-être pour faire ronflant auprès des clients.

— Dubreuil ?

— Ben… Alexandre Dubreuil. Notre patron.

— Ah ! eh bien, enchantée !

— Pardon ?

— Excusez-moi… c'est juste que j'ignorais son nom.

— Ah, d'accord. C'est lui qui avait monté cette agence, et il faut reconnaître qu'on avait de bons clients dans les débuts. C'est après que ça a merdé.

— Les débuts, c'était quand ?

— En 2004 ou 2005, dans ces eaux-là. Moi, je suis arrivée en septembre 2007. En fait, Dubreuil s'est rendu compte qu'il ne pouvait pas faire l'économie d'une cellule « création » dans sa structure, aussi petite soit-elle, et c'est comme ça que j'ai été embauchée. Je venais d'une grande agence, mon expérience l'intéressait bougrement. Et moi, j'avais envie d'une structure plus petite, à taille humaine. De ce côté-là, on peut dire que j'ai de la suite dans les idées : maintenant, je suis toute seule !

Anne-Laure lâche un nouveau petit rire nerveux, qui en dit long sur sa situation professionnelle, peut-être pas si transcendante que ça.

— Le job semblait donc attirant pour que vous quittiez une grosse boîte ?

— Oui, et j'imaginais des perspectives d'évolution professionnelle plus intéressantes que dans une boutique énorme, où tout est hiérarchisé à mort. En fait, je me gourais complètement, naïve que j'étais. Je me suis d'abord fait embobiner par le beau discours de Dubreuil lors de l'entretien d'embauche : « Vous savez, nous sommes une petite structure en plein essor, nous ne pouvons évidemment pas nous aligner sur les grandes agences, mais nous avons des appuis sérieux et, d'ici un an, je vous promets une réévaluation de votre salaire et le poste de directrice de création… » Ah, ça, le titre, je l'ai bien eu un an plus tard ! Mais sans le salaire qui va avec. « Soyez patiente, nous allons entrer de nouveaux budgets, les parfums machin, les sacs bidule, et gnagnagna, et gnagnagna… » Encore de la flûte à bec. Bon, c'est vrai, on avait quelques beaux budgets qui nous faisaient penser que notre boss était un commercial efficace, mais on a vite su que Dubreuil ne s'était pas tant cassé le tronc que ça pour les avoir.

— C'est-à-dire ?

La petite voix stridente retentit alors du fond de la chambre.

— Maman ! Il manque des pièces dans le puzzle !

Anne-Laure tourne la tête derrière elle, puis regarde Delphine d'un air accablé.

— Allez-y, je vous attends, lâche Delphine en désespoir de cause.

Entamant une réflexion silencieuse sur la condition délicate de quadra seule devant élever un bout de chou de cinq ou six ans exigeant toute l'attention maternelle sur sa petite personne, Delphine se félicite d'avoir eu ses enfants à un âge qui lui a permis de ne pas se laisser prendre dans les pièges sournois que tendent les petites têtes blondes à leurs parents gâteau. Au bout de quelques longues minutes, Anne-Laure revient en psalmodiant des excuses confuses et demande à Delphine si elle veut un peu plus de thé.

— Non, je vous remercie.

— Qu'est-ce que je disais, déjà ?

— Que Dubreuil n'avait apparemment pas trop transpiré pour faire entrer les beaux budgets dans son agence…

— Oui, c'est ça ! dit-elle, d'un coup tout excitée. Il faut que vous sachiez que son papa avait un gros cabinet d'architecture en Normandie. Il s'était spécialisé dans les cosmétiques, la grande horlogerie, le luxe, rien que des clients estampillés « prestige ». Pour faire simple, Alexandre Dubreuil était né avec une cuillère en argent dans la bouche. Et le père Dubreuil, François, venait de temps en temps à l'agence. Très paternaliste, mais un peu fouille-merde, genre : « Il faut bien que j'inspecte un peu pour voir si tout ça marche comme il faut. » Au début, ça nous a fait un peu rire : le boss, d'ordinaire tout fier de lui, un peu emmerdé quand son « pôpa » venait voir comment « tournaient les machines ». Puis, au fil des interrogations, on a su, de la bouche de l'expert-comptable qui s'occupait de la boîte, que nos clients, c'étaient ni plus ni moins ceux que le papa architecte voulait bien refiler à son fiston. On savait, par les commerciaux, que le père fournissait à son fils, via son cabinet, une certaine logistique – pour monter des stands, par exemple – à un prix très intéressant. Et le cabinet d'expertise comptable était le même que celui du cabinet d'archi du pater.

— Il n'y a rien de répréhensible à ce niveau, non ? Tant mieux, finalement, si Dubreuil pouvait économiser sur certains postes pour investir dans d'autres.

— Vu comme ça, oui. Le problème est qu'il ne réinvestissait pas. Rien de ce qui était promis n'arrivait. On bossait sur des ordinateurs aux capacités limitées, on n'avait même pas de logiciel de conception archi. Il a fallu que je me batte comme une folle pour obtenir la licence Photoshop ! On n'avait pas les moyens de nos ambitions. Et comme on voyait notre cher patron parader dans ses belles bagnoles et organiser de grandes réceptions très « gratin » à Paris ou dans sa Normandie – « C'est du relationnel, Anne-Laure », qu'il me disait ! –, ça a commencé à nous énerver un peu.

— Et Patrick Ercolani, dans tout ça, il se situait comment ?

Anne-Laure prend quelques instants pour répondre.

— C'était votre ami, c'est ça ?

« Petite vérification déguisée censée informer sur le niveau de conneries à ne pas dire », pense Delphine.

— Oui… Enfin, j'étais très liée avec sa femme, Martine, et avec ses filles. Lui, je le voyais malheureusement assez peu, du fait précisément de son travail si exigeant.

— Hum… Pour être franche, et avec le recul du temps, je pense qu'il n'était pas fait pour ce job. Sincèrement. Ne le prenez pas mal : c'était certainement un bon commercial, mais le costume de « dircom » dans une boîte dirigée par quelqu'un comme Alexandre Dubreuil était bien trop grand pour lui. Vous parlez d'exigence, Dubreuil n'était que ça. Au mépris du bien-être de ses employés. Et Patrick n'avait absolument pas la carrure pour encaisser tout ce qu'il a encaissé.

Delphine prie bien fort pour que la gamine ne hurle pas à ce moment précis qu'il lui manque des pièces dans son puzzle.

— Dubreuil était méprisant avec ses employés ?

— Au début, c'était tout l'inverse, en fait. Charmant, attentionné, voire séduisant – enfin, pour celles qui aiment ce style. Moi, c'était pas mon genre. Mais je reconnais avoir dit un soir à mon copain, le père d'Astrid – il était encore là à ce moment ! –, que c'était vraiment un plaisir de travailler avec un homme comme ça, et que j'espérais vivement que l'agence grandisse pour recueillir les fruits de notre travail. L'argent, mais pas seulement. La reconnaissance, surtout. Puis, un jour, j'ai eu la puce à l'oreille sur sa véritable personnalité alors que je lui vantais les mérites de la nouvelle secrétaire que nous venions d'engager à la créa. Une petite nana super efficace, mais tout effacée, toute timide, qui avait besoin d'encouragements. Il a laissé tomber le plus sérieusement du monde, en regardant un plan que je lui montrais : « Oui, c'est effectivement une bonne petite ouvrière. » J'ai eu envie, d'un coup, de lui parler de Zola ! Je supporte pas ! Qu'on regarde les autres de haut sous prétexte qu'ils ne sont pas de la même extraction ou n'ont pas le même degré de formation ! Ça me hérisse !

— Et avec Patrick, Dubreuil était également… méprisant ?

— Avec tout le monde ! Le changement a eu lieu dans les années 2007-2008. Quand la crise a secoué le monde de la com'comme une tornade tropicale fait exploser les maisons en bois. D'un seul coup, tout est devenu plus difficile, les clients avaient des oursins au fond des poches. Et là, oui, il a fallu ramer pour en ramener de nouveaux. On a alors pu juger sur pièces les compétences de gestion de notre cher patron. En l'espace de quelques semaines, il est devenu cassant, hargneux, exigeant. Rejetant les fautes sur les autres, demandant toujours plus, débarquant après la bataille sur les projets et faisant tout refaire au dernier moment. On était tous dans le même bateau, obligés de souquer ferme ! Et c'était pas le moment d'aller voir ailleurs. Ailleurs, ça débauchait grave. Et c'est comme ça que Buzz Events a commencé à virer tous ceux qui n'étaient pas indispensables à la bonne marche de l'entreprise. Et que ceux et celles qui restaient ont dû bosser deux fois plus pour assurer le minimum.

— Dont Patrick ?

— Ah, lui, il était en première ligne, le pauvre ! La stratégie commerciale, c'était lui, en théorie. Mais rien ne rentrait. Donc, c'était forcément sa faute, et Dubreuil lui collait une pression d'enfer. Mais ce qui était pénible, pour lui et pour nous, c'était que ce salopard le traitait comme une sous-merde devant toute l'agence ! Je m'excuse d'être aussi directe, mais c'est la vérité. Il était odieux avec lui, comme avec tous ses employés. Et plus ça allait, moins il communiquait. Il se blindait dans son bureau et n'en sortait que pour fuir l'agence. Pour vous dire le niveau des relations entre lui et nous, il nous envoyait un mail quand il devait nous faire savoir quelque chose. Alors que son bureau était en face de notre open-space ! On avait tous le moral dans les chaussettes, mais Patrick était, lui, carrément lessivé. Physiquement et moralement.

— Il se confiait à vous ?

— Non, trop renfermé, trop inhibé. C'est d'ailleurs pourquoi il n'arrivait pas à claquer son baigneur à Dubreuil, à mon avis. Un directeur commercial normal, je veux dire un mec combatif, volontaire, ambitieux, lui aurait vite fait comprendre qu'il n'avait pas trop intérêt à jouer à ce petit jeu. Mais Dubreuil ne se serait alors vraisemblablement pas comporté comme ça. S'il agissait ainsi avec Patrick, c'est qu'il savait le bonhomme faible. Dubreuil était un fourbe, qui léchait les pompes des puissants qu'il admirait et rabaissait les autres.

— Pourquoi l'avait-il placé à ce poste, alors ?

— Mais parce qu'à l'époque où ça roulait tout seul, Dubreuil avait besoin d'un bon commercial, et que Patrick lui semblait la bonne personne au bon endroit. C'était pas plus compliqué ! C'est dans l'adversité que Ercolani ne s'est pas révélé. Et ça, Dubreuil ne l'a pas supporté. Il n'a pas supporté de s'être planté dans son jugement et a surtout paniqué à l'idée que l'autre ne lui sauve pas la boutique. Son honneur et ses compétences en prenaient un sale coup publiquement, et il l'a fait payer chèrement à tous ceux qui l'entouraient. Et puis il y a eu le drame.

— Vous l'avez su comment ?

— Les nouvelles du matin, à la radio, Patrick qui ne vient pas à son boulot... Vous pensez bien que le rapprochement avec le drame de Viroflay a été vite fait.

— L'ambiance a encore dû descendre d'un sacré cran après ça, je suppose.

— C'est devenu irrespirable. Là, oui, on a tous cherché à fuir le navire. Moi, je faisais déjà des free-lance le week-end pour arrondir mes fins de mois. J'avais quelques économies, j'ai décidé de tenter le coup avec des clients perso. C'est comme ça que je me suis tirée au début de l'année dernière. Et j'ai ensuite su, par la bande, que Buzz Events avait explosé en vol.

— Alexandre Dubreuil, vous savez ce qu'il est devenu ?

— Non, et ça ne m'intéresse vraiment pas. Enfin… si, dans un sens, parce qu'il a planté lamentablement des copains à moi que j'avais tuyautés sur notre agence et qui n'ont jamais été payés pour les piges qu'ils ont faites pour lui, alors qu'il y avait encore un peu de trésorerie dans la boîte. Là encore, c'est l'expert-comptable qui nous a informés par la suite des magouilles pas reluisantes de Dubreuil, qui a pompé allègrement tout ce qu'il pouvait dans les caisses avant qu'il n'y ait plus rien.

— Vous pensez que la façon dont il était traité à l'agence était un motif suffisant pour pousser Patrick à commettre l'irréparable ?

— C'était en tout cas inacceptable et dégradant. Après… je ne sais pas si c'est la vraie raison. Je ne m'avancerai pas là-dessus.

— Vous n'avez jamais imaginé vous grouper pour porter plainte officiellement pour harcèlement moral ?

— Porter plainte ?

Elle lâche un petit rire méprisant.

— Vous savez, le monde de la com' et de la pub est un monde bizarre : assez clos et ignorant bon nombre de règles des entreprises dites « normales ». Il n'y a pas de syndicats, pas de conscience ouvrière, pas de 35 heures. On n'est pas dans une grosse boîte. Quand ça foire quelque part, vous ne pouvez compter que sur vous-même : vous essayez de vous débrouiller pour trouver une meilleure solution ailleurs.

Delphine quitte l'immeuble d'Anne-Laure de Guermesan passablement déprimée par tout ce qu'elle a entendu. Après le témoignage de Bastien Delvaux, celui de la directrice artistique de Buzz Events lui fait, hélas, entrevoir la noirceur d'un personnage qui a peut-être poussé quelqu'un à fuir à tout jamais ses responsabilités.

En arrivant à hauteur de sa voiture, elle constate que le gros 4x4 n'est plus là et elle écarquille les yeux en portant la main à sa bouche.

— Oh, put…

Le capot avant de sa jolie petite Fiat est complètement enfoncé !

Durant les jours et les semaines qui suivent cette édifiante entrevue avec l'ancienne directrice de création de Buzz Events, Delphine s'attache à la seule chose qui lui semble désormais essentielle dans sa quête vers la vérité : retrouver la trace d'Alexandre Dubreuil.

Elle a accumulé tellement de rage impuissante devant cet état de fait que sa ténacité en est décuplée. Dans ses rares moments de doute, elle se demande pourtant ce qu'elle ferait si elle était amenée, un jour, à se retrouver face à ce singulier personnage. Il lui apparaît de plus en plus comme l'un de ces négriers des temps modernes, pensant légiférer autour d'eux à leur guise, sans imaginer une seule seconde qu'il existe des lois et une certaine humanité à respecter. À cette seule pensée, ses hésitations volent en éclat et sa détermination n'en est que renforcée.

Delphine Lacour se renseigne auprès de tous les services administratifs s'occupant des faillites d'entreprises. Rien ni personne ne peut la mettre sur une quelconque voie. Les actes sont consignés, pas les mouvements du personnel. Ce qui peut poser problème en cas de poursuite judiciaire, comme le lui explique un jour, au téléphone, un fonctionnaire de l'Urssaf. Delphine lui pose franchement la question de savoir si Alexandre Dubreuil est dans ce cas précis. Son correspondant ne peut – ou ne veut – lui en dire plus sur l'état d'insalubrité financière supposée de Buzz Events au moment de la liquidation judiciaire. Elle se souvient que les copains d'Anne-Laure de Guermesan n'ont pas été payés, et elle se doute qu'ils n'ont pas été les seuls dans ce cas. Dubreuil a-t-il été jusqu'à « oublier » de régler ses cotisations patronales, comme ça se passe parfois dans ce genre de situation ? Cette perspective semble intéressante à ses yeux : l'État n'a pas pour habitude de laisser courir ce genre de fraudeurs et, à plus ou moins longue échéance, ils se font cisailler en plein vol par les services fiscaux. À moins qu'ils ne se tirent auparavant en Amérique du Sud ou dans un autre endroit accueillant pour tous les gens de bonne volonté. Cette possibilité existe, et Delphine ne l'écarte pas de son chemin. Il faut donc agir en amont.

C'est ainsi qu'elle se décide, un jour d'avril, à appeler le cabinet d'architecture Dubreuil à Évreux et demande à parler directement à François Dubreuil.

On lui répond que M. Dubreuil « a pris du recul » par rapport à sa société, qui est désormais gérée par son fils, Éric Dubreuil. À plusieurs reprises, elle cherche naturellement à entrer en contact avec le nouveau directeur, mais à chacun de ses appels, on lui oppose une fin de non-recevoir : « monsieur frère » semble très occupé – ou absent – en tout cas, il n'est pas disponible. À sa quatrième intervention, elle consent à laisser au standard ses coordonnées pour être rappelée, en lâchant comme motif le seul mot : « personnel ». Elle ne se fait guère d'illusions sur l'empressement d'Éric Dubreuil à la contacter, mais est forcée d'admettre qu'elle a été mauvaise langue, le matin où celui-ci la rappelle effectivement en lui demandant ce qu'il peut faire pour elle puisqu'elle a appelé plusieurs fois.

Malgré l'effet de surprise, Delphine parvient à ne pas être déstabilisée et sort l'argumentaire qu'elle a préparé au cas où : elle a prêté des livres d'art à Alexandre Dubreuil, il y a plus d'un an, pour un travail dans son agence, et désire tout simplement les récupérer. Comme elle n'a plus aucune trace de lui, elle pense que son frère pourrait l'aider dans sa démarche. Éric Dubreuil se montre courtois, mais ne lui laisse entrevoir aucun espoir : il n'a aucune nouvelle de son frère depuis la faillite de son agence, et il ne pense de toute façon pas en avoir de sitôt, car celui-ci lui a laissé une jolie ardoise sur des prestations non réglées.

Soit les deux frangins sont réellement en litige financier et ne se parlent plus, soit l'un protège l'autre au nom de la solidarité familiale. Mais le message ne peut être plus clair : ce n'est pas par ce biais que Delphine pourra retrouver la piste d'Alexandre Dubreuil. Pour la première fois depuis qu'elle s'est investie dans cette mission sacrée, Delphine Lacour sent une sorte d'abattement lui peser sur les épaules et elle se pose la question de savoir si, honnêtement, cette croisade a réellement un sens.

Paris, juin 2012

Paris vit l'une de ses plus belles saisons : celle du printemps ensoleillé annonçant la venue de l'été tant attendu.

Les terrasses des cafés font le plein d'« étrangers ravis » (comme aurait dit ce fêtard impénitent d'Offenbach) et de Parisiennes court vêtues profitant à fond des rayons revitalisants de l'astre divin, dont l'absence au-dessus de la capitale est souvent déplorée par les citadins frustrés. L'air est chaud, sans excès. La vie semble plus légère à la majorité de celles et ceux qui arpentent les rues de la cité, l'esprit libre, et disposés à croquer dans la vie. Les jeunes gens évoluent en grappes sonores et goûtent sans modération cette période bénie dont on sait qu'elle peut, hélas, être de courte durée. Deux garçons et trois filles marchent joyeusement sur l'avenue Jean-Jaurès, en direction du parc de La Villette. Les filles ont, dans leurs bras, des paquets provenant de magasins super tendance, alors que les garçons ont juste leurs mains dans leurs poches.

Le bac se profile à grands pas pour tous ces lycéens, dont l'anxiété augmente au fil du calendrier, même si personne ne veut l'avouer publiquement. Afin de présenter au mieux devant l'examinateur à l'oral, les garçons ont daigné offrir à leur coupe de cheveux un petit rafraîchissement de bon aloi, alors que les filles trouvent là l'occasion idéale de renouveler une garde-robe forcément démodée. Clairement sur le côté du groupe, une superbe brune aux cheveux tombant sur des épaules dénudées porte deux gros sacs estampillés Desigual et Zara. Les deux garçons lui parlent de façon volubile et semblent ne s'adresser qu'à elle, ce qui provoque une crispation manifeste sur les visages des deux autres filles. Lorsqu'ils arrivent devant une porte d'immeuble, elle prend congé du petit groupe, qui repart, mais pas avec le même entrain, les garçons étant manifestement moins emballés par la présence des deux filles restantes, qui paraissent un peu sonnées par l'affront qui leur est fait.

La brune arrive au troisième étage, ouvre la porte d'entrée d'un appartement aux couleurs ternes et longe le grand couloir qui mène à sa chambre. Elle jette les paquets sur le lit, fait tomber son jean mauve et balance son petit débardeur blanc derrière elle. Elle sort d'un paquet une jupe noire, sur laquelle elle passe un chemisier brillant aux manches retroussées. Elle se contemple dans la glace de son armoire, puis enfile la veste grise à revers blancs. Très sérieux, tout ça, une parfaite étudiante appliquée et studieuse. Elle fait une petite moue, enlève le tout, qu'elle dépose sur la couverture du lit, et extirpe du deuxième paquet une robe légère largement échancrée, composée d'un patchwork de couleurs et de matières hétéroclites. Puis elle chausse une paire de baskets à fleurs et lacets verts, et admire l'ensemble dans la glace. « Pour après », se dit-elle avec un sourire de contentement.

Trois petits coups à la porte et une voix féminine :

— Laura ? Tu es là ?

— Oui, entre.

Une femme d'une quarantaine d'années, d'apparence assez stricte avec ses cheveux maintenus en arrière par une bonne demi-douzaine d'épingles, entrouvre la porte et regarde la fille avec un air plus que surpris.

— Ne me dis pas que tu vas mettre ça le jour du bac ?

— Mais nooon ! Ça, c'est pour le fun ! Pour vivre, bon Dieu ! Le reste, tiens, c'est là. Regarde.

La femme considère Laura, qui positionne sur son corps la veste et le chemisier.

— Oui, c'est beaucoup mieux. Ça te correspond bien plus, c'est plus toi. Euh… tu manges là, ce soir ?

— Non, je dois sortir avec des amis.

— Oh ! je ne sais pas si c'est vraiment raisonnable, tu dois être en forme pour la semaine prochaine…

— Annie ! Est-ce que j'ai l'air d'une crevarde ?

— Non, non… c'est juste que…

— Que quoi ?

— Que… eh bien, avec Philippe, on aimerait tellement que tu l'aies, ce bac… pour tes parents, pour leur mémoire, dit-elle avec une soudaine assurance qui se veut convaincante.

— Et pour moi, accessoirement, t'aimerais pas que je l'aie, ce fichu diplôme ? Pour moi ?

— Si, bien sûr…

Laura jette brusquement les vêtements sur le lit et s'avance vers Annie, les yeux mi-clos et la bouche pincée.

— Je voudrais te poser une question qui me taraude depuis un bon bout de temps, Annie : est-ce que tu te rends compte que j'aurai vingt ans à la fin de l'année ?

— Mais bien sûr que je m'en rends compte…

— Je te demande ça comme ça parce que j'ai vraiment l'impression que tu t'imagines que j'ai toujours quatorze ans.

— Enfin…

— Arrête, Annie ! Arrête d'essayer constamment de te justifier, siffle Laura en essayant de ne pas crier. Tu me couves comme un gros bébé et tu refuses de l'admettre chaque fois que je t'en fais la remarque. Eh bien, maintenant, tu vois, j'en ai marre. Marre de t'entendre me seriner comment m'habiller, comment manger, comment travailler, comment, quand et avec qui sortir. Je n'en peux plus ! Tu comprends ça ? Et ce bac, oui, j'ai envie de l'avoir. Ne serait-ce que pour partir à la fac et enfin respirer !

Annie parvient à articuler, les yeux humides :

— Parce que tu ne respires pas, ici ?

— J'ai de plus en plus de mal, tu vois ! Non, mais, vous vous rendez pas compte ! Vous êtes là, dans votre bocal tout gris, tout aseptisé, vous sortez jamais, vous vous autorisez rien ! Toujours tout pour vos gosses, tout le temps derrière, à guetter si jamais ils ont pas écrit un mot de travers dans leurs cahiers, à regarder s'ils mangent bien comme il faut, s'ils plient bien leur serviette, s'ils ont leur chemise bien boutonnée jusqu'en haut. Mais lâchez-leur la grappe, à vos gamins ! Vous êtes tout le temps sur leur dos, vous vous interdisez tout plaisir personnel parce qu'il faut « penser aux enfants ». Les enfants, ils ont parfois envie qu'on pense pas à eux. Et ça s'applique aussi à moi. Voilà, c'est dit. Désolée si ça te fait de la peine, mais fallait que ça sorte !

— Parce que tu t'y connais, en enfants, toi ? Tu sais ce que c'est d'en avoir la responsabilité, peut-être ?

— Je m'occupe de moi, c'est déjà beaucoup. Je m'occuperai des autres après.

Avec des gestes brusques, Laura ramasse ses affaires et les suspend dans son armoire. Annie sort son mouchoir et quitte la pièce.

Laura bouillonne de rage. Elle a pris sa décision. Le point de non-retour a été atteint. Elle le sait, c'est elle qui l'a provoqué. Elle a tout fait pour mettre le maximum de chances de son côté pour ce foutu bac. « Putain ! J'ai bossé dur toute l'année. Je suis à niveau dans mes révisions, j'ai besoin de m'aérer la tête. Et l'autre chieuse qui vient encore m'expliquer qu'il faut se coucher tôt après s'être bien brossé les dents ! Non, mais je rêve ! Sûr que je vais avoir demain une explication orageuse avec Philippe. J'ai jamais compris qu'il ait pu épouser une coincée du cul pareille ! Il est pourtant sympa, Philippe, il peut même être drôle quand il veut. Quand il est tout seul. Mais elle, c'est un congélo à elle toute seule. Une vraie peine-à-jouir ! Et leurs gosses lui ressemblent : toujours à fouiner, à mettre leurs vilaines bobines de premiers de la classe là où il faut pas. Heureusement que ma chambre ferme à clé ! »

Elle enfile une petite jupe légère en cuir brun et un t-shirt couleur lin, passe son gros sac fourre-tout sur l'épaule et quitte sa chambre en fermant à clé. Elle remonte presto le couloir terne et se dirige vers la sortie.

La porte d'entrée claque sur son départ hargneux et Annie ose alors passer un visage larmoyant par la porte de la cuisine.

Martel, avril 2018

Noémie Salacroux lève les yeux de son dossier et regarde sa montre : 17 h 25. Elle soupire d'aise : plus que trente-cinq minutes, et son week-end commence !

Lorsqu'elle est entrée au service d'Antoine Bressac, deux ans auparavant, elle s'imaginait que son travail de secrétariat dans cette agence naissante l'amènerait à s'épanouir, à côtoyer les clients importants, à les emmener progressivement sur les lieux de vente, puis à traiter avec eux. Bref, à développer son sens de l'initiative et de l'entreprise, qu'elle estimait assez performant. C'était en tout cas ce que Bressac lui avait fait miroiter lorsqu'il l'avait engagée. Il avait besoin de « quelqu'un qui sache parer au plus pressé et prendre des initiatives ». Bonne pioche : les initiatives, c'était son point fort ! Une petite structure en plein essor, où tout reste à faire, offre bien plus de possibilités à ce niveau qu'un gros cabinet hiérarchisé, où chacun doit rester à sa place. Du moins, c'est ce qu'elle croyait, Noémie.

Antoine Bressac a même été séduit par le fait qu'elle parle anglais. Pas un anglais aussi bon que celui de son patron, bien sûr, mais suffisamment maîtrisé pour se faire comprendre des visiteurs anglo-saxons. Elle était consciente qu'elle devait juste améliorer son accent, qui fleurait trop le terroir local et pas assez celui du Surrey ou du Kent. Avec de la pratique, elle aurait certainement atteint un niveau plus qu'acceptable. Seulement, sa pratique s'est résumée, depuis deux ans, à dire « bonjour », « veuillez patienter, M. Bressac va vous recevoir » et « bonsoir ». Et tout le reste est allé à l'avenant !

Du temps où il n'avait qu'elle comme unique employée de l'agence, Antoine Bressac se chargeait de toutes les visites, et jamais elle n'a eu l'occasion de prouver son sens de l'initiative et de l'entreprise, puisque jamais Bressac ne lui a confié le moindre dossier – même de location – à gérer. Elle a eu beau essayer d'avancer timidement qu'il allait se tuer à la tâche en s'occupant de tout et qu'elle pourrait le délester de quelques dossiers « faciles », la réponse a été sans appel : elle était payée pour un travail de secrétariat, et elle devait s'atteler à le faire le mieux possible. Puis, un jour, Bressac lui a présenté Jérôme Lacombe, et elle a compris alors que son sens de l'initiative et de l'entreprise n'aurait malheureusement que peu de chances de se développer dans les locaux d'AB Estate : Lacombe était un jeune homme sûr de lui, aux cheveux noirs enduits de gel, invariablement habillé d'un costume gris anthracite, d'une chemise pourpre, d'une cravate noire et de mocassins pointus en cuir brun, que Bressac venait d'engager ferme pour le seconder dans le domaine de la vente. Noémie l'a détesté immédiatement, d'autant qu'il avait – et a toujours – la déplaisante manie de mâcher bruyamment des chewing-gums en la regardant d'un petit air narquois. Elle ne comprenait d'ailleurs pas comment Bressac, qui se piquait de faire montre de bonnes manières, pouvait tolérer un pareil comportement !

Noémie se dit qu'il serait peut-être temps de jeter un œil sur les petites annonces de la profession pour essayer de changer de crèmerie. Partir à Saint-Céré, à Souillac, ou même à Figeac, pourquoi pas ? En tout cas, dans une agence où elle pourrait enfin prouver de quoi elle est capable. Elle est interrompue dans le cours fluctuant de ses pensées par le bruit de la petite sonnette indiquant l'entrée d'un client dans le hall d'accueil d'AB Estate. Eh bien, il ne manquait plus qu'elle ! Celle qui file le tournis à son patron depuis qu'elle a débarqué dans la région !

C'est pas qu'elle soit méchante. Simplement, elle énerve un peu Noémie avec ses attitudes légèrement maniérées, ses tenues toujours étudiées, comme si elle sortait d'une super soirée, et sa façon de minauder tous les quatre matins devant son andouille de patron, qui tourne son café avec son stylo dès qu'elle est devant lui. Alors, qu'est-ce qu'elle veut, aujourd'hui ?

— Bonjour, je viens apporter à M. Bressac les pièces qu'il m'a demandées pour compléter mon dossier, dit-elle en tendant à la secrétaire une enveloppe en papier kraft.

— Ah, très bien. Eh bien, donnez-les-moi, je les lui transmettrai, répond Noémie avec un sourire commercial légèrement forcé.

— C'est que… je dois aussi voir avec M. Bressac certains détails de ma location, et il m'a dit de venir vers 18 heures aujourd'hui.

— Dix-huit heures ? Ah ben, vous êtes en avance ! Il n'est que six heures moins vingt-cinq, et M. Bressac ne rentrera de rendez-vous que vers les six heures moins dix, six heures moins cinq, voyez ?

— C'est pas grave, je l'attendrai ici… si je ne vous gêne pas, bien entendu. Je n'ai rien de spécial à faire et j'ai mon livre avec moi.

— Bien… comme vous voudrez, soupire Noémie en se replongeant dans son dossier.

Ce fichu dossier de la maison sur la Dordogne, pour lequel Bressac lui colle une pression d'enfer depuis trois semaines : il lui répète dix fois par jour que c'est *le* gros coup pour AB Estate qui va faire prendre une autre dimension à l'agence. Finalement, ça serait peut-être une bonne chose, réfléchit-elle en jouant nonchalamment avec sa souris : s'il y a plus de volume, il y aura peut-être plus de places. Et elle pourrait alors retenter sa chance auprès de Bressac. Prendre, pour commencer, les dossiers que Lacombe ne voudrait pas. Ce qui lui éviterait d'être obligée de s'en aller à Saint-Céré ou à Figeac. La sonnerie du téléphone interrompt à son tour ses scénarios échafaudés. Noémie décroche en pestant intérieurement qu'à ce rythme, elle n'arrivera pas à terminer son travail pour ce soir 18 heures.

— AB Estate, bonjour... Ah, oui, un paquet ? Pour nous ? Ben, vous ne pouvez pas nous le déposer à l'agence ? Ah ben, c'est la meilleure, ça ! Comment ça, vous fermez dans vingt minutes ? Et moi aussi, je suis censée boucler ma semaine dans vingt minutes... Comment ça, c'est urgent ? Pff, bon, je viens...

Elle raccroche en soufflant et se tourne vers sa visiteuse.

— Je vais être obligée de fermer l'agence dix minutes, le temps d'aller à la poste chercher un colis soi-disant urgent.

— Ne vous inquiétez pas pour moi. Je peux rester ici le temps que vous fassiez l'aller-retour. Ça ne me gêne absolument pas.

Quelle poisse ! Elle ne peut pas la ficher dehors et, d'un autre côté, si c'est vraiment un colis que son patron attend et qu'elle le loupe, elle se fera engueuler. Noémie ne sait quelle décision prendre et hésite quelques secondes.

Puis elle se lève d'un coup en refermant le dossier de la maison sur la Dordogne. Elle ne tient pas à tergiverser si elle veut boucler ce pensum avant que son patron ne revienne.

— Bon, j'y vais... Euh... si par hasard M. Bressac revient avant que je sois rentrée, vous lui dites que j'arrive, hein ?

La visiteuse lui lance un beau sourire rassurant.

— Ne vous en faites pas. Je lui expliquerai.

Noémie enfile son petit imper noir et passe devant Lydie Grondin, qui semble captivée par le roman posé sur ses genoux.

À peine dix minutes plus tard, la porte de l'agence s'ouvre violemment sur une Noémie au visage blanchi par la rage. Elle balance son imper sur le portemanteau et s'assoit derrière son bureau avec une nervosité manifeste. Elle rouvre son dossier en tremblant, et elle explose soudainement.

— Mais on n'exige pas d'elles qu'elles sachent lire, ces gourdes de La Poste, quand on les embauche ? C'est pas possible d'être aussi bête, je vous jure ! Comme si on n'avait que ça à faire, nous autres !

Devant la mine interloquée de Lydie, Noémie se voit obligée de justifier son attitude.

— Non, mais, vous vous rendez compte ? J'arrive là-bas, la fille me tend un colis, et je m'aperçois qu'il est adressé à un certain Antoine Flessac ! Elle me rétorque que c'est mal écrit et qu'elle a cru lire « Bressac ». Je regarde alors l'adresse : c'est même pas la nôtre ! Alors là, vous pouvez me croire que je lui ai balancé tout ce que je pensais d'elle, à cette idiote. « Ah, excusez-moi, j'avais pas bien vu », qu'elle me fait en couinant. Achète des lunettes, si t'y vois pas correctement !

Noémie regarde sa montre et laisse fuser un « Oh, punaise ! » empli d'inquiétude.

Elle se remet fiévreusement à la tâche tandis que Lydie essaie de se concentrer sur son livre. Le moment de tension est brisé par l'arrivée d'Antoine Bressac, qui se dirige, radieux, vers Lydie Grondin.

— Mademoiselle Grondin, comment allez-vous ? Vous m'apportez les pièces manquantes, c'est ça ? Nous allons voir cela immédiatement. Passez devant, je vous en prie...

Tenant la porte de son bureau ouverte, Bressac se tourne vers sa secrétaire, en train de compléter le dossier posé devant elle, et laisse tomber sèchement sur un ton à moitié étouffé :

— Noémie, je vous avais dit que je voulais ce dossier pour ce soir...

— Je sais, monsieur, mais un incident...

— Noémie, je ne veux pas le savoir. Je veux ce dossier ce soir : je dois le faire examiner par nos clients demain matin. Vous ne partez pas tant que je ne l'ai pas sur mon bureau, me suis-je bien fait comprendre ?

— Bien, monsieur.

Viroflay, juillet 2012

— Tu saurais pas où j'ai mis mes gants de montagne, par hasard ?

Delphine lève le nez de son bouquin en soupirant.

— Ils sont dans le placard des affaires de rando, dit-elle d'une voix forte.

— Mais j'ai cherché dans ce placard. Ils n'y sont pas ! Quelqu'un a dû les déplacer.

— Ben voyons ! C'est les enfants qui te les ont pris pour aller faire des pâtés dans le jardin public.

— Arrête ! Bon sang, je te dis qu'ils n'y sont pas.

Delphine pose son livre sur la table basse et se lève d'un coup. Elle rejoint, dans le couloir, son mari perplexe et grognon, devant un grand placard ouvert, se dresse sur la pointe des pieds et soulève un duvet pour en extirper une paire de gants rouges, qu'elle lui brandit sous le nez.

— Ah ben, forcément, si tu mets un duvet dessus, comment veux-tu que je les trouve ?

Delphine regarde Frédéric d'un air de commisération teintée d'un léger énervement.

— Il faut parfois un peu soulever les choses pour trouver ce qu'on cherche, c'est pas très compliqué.

Plantant là son homme bougonnant, elle retourne à son livre. Elle parcourt quelques lignes, puis s'arrête. Elle se rend compte qu'elle ne retient rien de ce qu'elle vient de lire. Son esprit est ailleurs. Elle lance l'ouvrage sur la table et se masse les tempes lentement en fermant les yeux. Deux mains se posent sur ses épaules.

— Pardon pour tout à l'heure. Ça me gonfle tellement de ne jamais trouver ce que je cherche.

— C'est pas grave, je m'en fiche, de ça. Vous êtes bien tous pareils, les hommes. Ton fils est comme toi : s'il a pas le truc devant son nez, il le trouve pas !

— Qu'est-ce qui ne va pas ? demande-t-il doucement en s'agenouillant en face d'elle.

Elle croise les bras et regarde par la baie vitrée la cime des arbres, qui ondule imperceptiblement sous l'effet de la brise chaude de l'après-midi d'été.

— Ça ne t'a quand même pas échappé : les résultats du bac sont tombés il y a cinq jours.

— Ben, quand même ! On a fêté le succès de Marion samedi soir. Tu devrais être soulagée, au contraire.

— C'est pas Marion qui m'inquiète, Frédéric, dit-elle en posant ses mains sur les siennes. Je n'ai pas eu d'appel de la part de Laura.

Frédéric Lacour ouvre d'un coup de grands yeux derrière ses fines lunettes rectangulaires.

— Merde, c'est vrai. Tu l'as eue quand, la dernière fois ?

— Un peu plus de quinze jours, juste après la fin des écrits. J'aurais pu l'appeler le jour des résultats, mais tu sais comment elle peut se braquer si on devient trop insistant. Bref, je me suis dit que j'attendrais qu'elle me sonne. Mais là, je sens pas l'affaire.

— Appelle Philippe et Annie.

— J'y ai évidemment pensé, tu imagines bien ! Je t'avoue que je repousse le moment, de peur de tomber sur Annie, qui va me saouler avec tous ses malheurs, qui l'empêchent de rigoler les dimanches et jours de fête. Mais là, je ne peux plus attendre. C'est pas normal qu'elle ne m'ait pas appelée.

Frédéric se lève subitement et va décrocher le téléphone fixe. Il compose un numéro, et Delphine entend décrocher à l'autre bout. C'est apparemment Philippe. Frédéric pose quelques questions, mais écoute surtout, l'air de plus en plus grave. Delphine sort dans le petit jardin aux doux ombrages fournis par un cerisier à fleurs et un grand albizzia aux nombreuses fleurs roses. Elle s'assoit sur le petit banc de bois installé sous les arbres, puis se relève, incapable de rester en place. Elle écoute de loin Frédéric ponctuer la conversation et sent, au ton employé, qu'il se passe quelque chose d'inhabituel. Il ne peut se passer que de l'inhabituel avec Laura, de toute façon !

Elle adore cette fille qu'elle connaît depuis que sa Marion était en primaire avec elle. Elle se sent presque comme une mère pour elle, surtout depuis le drame. Mais voilà, elle n'a pas reçu la mission officielle de veiller sur Laura. Son parrain en a été naturellement chargé par la juge des affaires sociales. Elle ne peut toutefois s'empêcher de penser que Laura se serait bien plus épanouie chez eux, à Viroflay, plutôt que dans cet appartement sinistre de Paris, avec ce couple d'un conformisme déprimant. Delphine reste persuadée qu'une partie de l'agressivité emmagasinée par cette jeune fille, en révolte contre le sort impitoyable qui la poursuit, est invariablement réanimée par les relations désastreuses qu'elle entretient avec Annie depuis qu'elle vit à son contact. Il n'y a malheureusement rien à faire à ce niveau, mais elle aimerait pouvoir emmener Laura pendant quelques semaines au vert, à la montagne ou dans un beau pays, où elle ferait le ménage dans ses idées noires et gonflerait ses neurones de soleil, de bon air et de vibrations positives. *Good vibrations*, comme ils disaient dans les sixties !

Elle est interrompue dans ses pensées par l'arrivée de Frédéric, qui a allumé une cigarette, ce qui lui ressemble peu, puisqu'il ne fume que le soir et de façon épisodique. Delphine observe une moue s'esquisser sur son visage, une moue qui ne lui dit rien de bon.

— Elle s'est fait rétamer, c'est ça ?

— Laura a eu son bac. Avec mention « assez bien ».

Delphine souffle un grand coup et baisse ses épaules.

— Je suis contente. Contente ! Mais… où est le problème, alors ?

— Elle a disparu depuis dix jours.

*
* *

Anne-Laure de Guermesan est heureuse.

Il fait beau et elle va déjeuner avec deux copines, rencontrées du temps de Buzz Events et qu'elle n'a pas vues depuis des lustres. Elle a réussi à faire garder, par la nounou, sa petite Astrid sans que celle-ci fasse une scène épouvantable, comme à chaque fois que sa mère l'amène chez cette gentille dame qui habite du côté de la rue des Batignolles. Elle retrouve à la terrasse d'un petit restaurant ses anciennes collègues.

Il y a Mylène, qui était chef de projet pour tout ce qui concernait les cosmétiques à l'agence, et Myriam, la petite secrétaire effacée et timide, la « bonne petite ouvrière » d'Alexandre Dubreuil. Autant Mylène est exubérante, avec ses longs cheveux blonds qui fouettent son dos nu, ses bijoux fantaisie et ses lunettes de soleil remontées sur le front, autant Myriam est effacée et secrète. Toujours impeccablement soignée, mais vêtue avec discrétion, elle ne s'impose pas dans la conversation et se contente d'écouter la plupart du temps, jusqu'à ce qu'elle sente qu'elle a vraiment quelque chose à dire d'importance. En un sens, Anne-Laure aime ce côté humble et modeste, qui contrebalance peut-être un peu l'assurance parfois envahissante de la volubile Mylène. Mais, en ce jour ensoleillé de juillet, elle est trop contente de les retrouver après ces longs mois sans contact.

Les filles commandent toutes trois un mojito et trinquent à la belle vie. Chacune demande des nouvelles des deux autres. Myriam travaille dans un cabinet d'avocats, rue de Rivoli, où elle est bien mieux payée et considérée qu'elle ne l'était à Buzz Events. Anne-Laure parle un peu de sa fille et de ses free-lance, qui parviennent à la faire vivre correctement. Mylène se met à dérouler sa vie depuis son départ de l'agence d'Issy : elle s'est recasée dans une nouvelle boîte d'événementiel à Suresnes, où elle s'occupe de budgets bien plus importants qu'à Buzz Events, a déménagé à Boulogne, dans un joli petit appartement, non loin du jardin Albert-Kahn, s'est réinscrite au squash et va trois fois par semaine suer dans un club de gym – faisant, au passage, admirer avec fierté sa taille désormais libérée de la petite bouée qui la cernait auparavant. Aspirant une nouvelle gorgée glacée, Mylène annonce alors, avec tout le suspense nécessaire pour se faire désirer, qu'elle va se marier. Oui ! Avec son petit copain, pas celui qu'elle fréquentait du temps de Buzz Events, non, non ! Un nouveau, rencontré au squash. Il est beau comme un dieu et c'est « un amour » ! Mylène parle, parle et parle. Et a soif. Elle dirige à nouveau sa bouche vers la paille. Myriam en profite alors pour dire tout doucement qu'elle a, elle aussi, un nouveau petit ami. Depuis presque un an.

Il est fonctionnaire à l'Urssaf et travaille plus précisément dans le service de recouvrement des créances. Elle sait ainsi qu'un dossier a été monté contre Buzz Events pour non-paiement des cotisations patronales lors des seize derniers mois de l'activité de l'agence, et que Dubreuil n'a répondu à aucune des mises en demeure qui lui ont été adressées – et encourt donc des poursuites devant le tribunal des affaires de sécurité sociale.

Myriam boit à son tour un peu de son mojito.

*

* *

Delphine s'est résolue à aller voir Annie.

La femme de Philippe a toujours fait plus vieille que son âge par ses choix vestimentaires sans aucune fantaisie et l'absence totale de mise en valeur de son visage. Mais lorsqu'elle ouvre la porte de son appartement, Delphine est effrayée : on dirait qu'elle a pris quinze ans en quelques jours !

Elle fait asseoir sa visiteuse dans l'un des fauteuils en velours marron du salon, prend une chaise et lui raconte ce fameux matin, tout en se mouchant périodiquement et en essuyant ses yeux larmoyants.

— Tu comprends, j'avais préparé le déjeuner comme d'habitude. Mais comme c'était le lendemain de ses résultats et que, la veille au soir, elle était encore sortie et rentrée à pas d'heure, je me suis dit que ça serait bien de marquer le coup…

Elle se mouche.

— J'avais fait un navarin d'agneau avec une vraie purée de pommes de terre – elle aime tellement ce plat. Les enfants étaient tout contents, et Philippe aussi. Puis, vers les midi… midi et demi, on ne la voyait toujours pas. On l'a appelée, pas de réponse. On s'est bien doutés qu'elle devait dormir profondément après sa soirée, mais quand même ! L'heure du repas, c'est l'heure du repas, hein ? Alors, je suis allée dans le couloir pour appeler à sa porte, et là…

Annie plonge son visage dans son mouchoir brodé et étouffe discrètement une nouvelle montée de larmes.

— Et là… ? relance Delphine.

— Ben… j'ai vu que la porte était entrouverte, ce qui n'arrive jamais. Laura ferme toujours à clé, même quand elle est là. J'ai ouvert d'un seul coup, et j'ai vu. Le lit défait, sa penderie vide, sa valise et son gros sac disparus. Elle était plus là. Partie au petit matin…

— Enfin, Annie, elle est peut-être partie s'aérer les neurones quelques jours. C'est pas si anormal… Bon, d'accord, j'admets qu'elle aurait dû vous prévenir…

— S'aérer les neurones ? Tiens, lis ça…

Avant de se moucher une nouvelle fois, Annie tend une feuille de papier à petits carreaux à Delphine, qui la déplie et reconnaît instantanément l'écriture de Laura.

Annie et Philippe,

Pardon pour le mal que je vais vous faire, mais je dois m'en aller. Pour de bon. C'est mieux pour vous, et pour moi. On n'est pas faits pour vivre ensemble, on se marche trop sur les pieds. Vous avez fait votre possible et je vous en saurai toujours gré. Ne cherchez pas à me revoir, je suis de toute façon partie loin. Ne vous inquiétez pas pour moi, mon avenir est tout tracé et je sais où va me mener la route que je dois emprunter.

Je vous embrasse.

Laura

Delphine referme lentement le papier et ne peut s'empêcher de penser à la chanson des Beatles *She's Leaving Home.* Elle regarde de nouveau Annie, assise toute raide sur sa chaise, serrant dans ses petites mains son mouchoir tout imbibé de son insondable tristesse.

— J'imagine que vous avez essayé de la joindre sur son mobile.

— Tu penses bien ! On tombe à chaque fois sur sa messagerie. On n'a même plus la force de laisser un message.

— Avez-vous demandé à sa banque si ses comptes étaient toujours ouverts ?

— Philippe l'a fait, bien sûr. Elle les a fermés. C'est tout ce qu'ils ont voulu nous dire. Secret clientèle, et elle est majeure, donc tu vois !

« C'est donc sérieux », se dit Delphine. Elle sait Laura hors de danger financièrement parlant. Héritière unique de fait de ses parents, elle s'est retrouvée à la tête d'un pactole non négligeable à la suite de la vente de la maison de Viroflay, de leur appartement de Quiberon, et de toutes leurs valeurs mobilières. Sans compter les assurances-vie et *tutti quanti* ! Elle a dû préméditer son coup depuis quelque temps : on ne transfère pas des comptes comme ça dans une autre banque, dans un autre endroit, en quelques jours. Reste à savoir où se situe cet autre endroit ! Ce n'est visiblement pas par la banque qu'elle l'apprendra, il faut chercher ailleurs.

Laura a donc choisi de quitter le nid. Nid inconfortable, mais nid quand même. Deux hypothèses : soit pour fuir une ambiance qui lui sortait par les trous de nez – elle en avait souvent parlé à Delphine et Frédéric –, auquel cas elle n'est pas nécessairement allée bien loin, soit pour entamer une nouvelle vie sous d'autres cieux, plus conciliants que ceux qu'elle a connus depuis deux ans. Son aisance financière peut effectivement lui procurer le moyen de partir loin et de voir venir. À ce moment précis, Delphine réalise que Laura a laissé une explication à Philippe et Annie, qu'elle ne porte pas spécialement dans son cœur, alors qu'à elle, elle n'a rien confié. Une légère boule se forme dans son estomac, qu'elle essaie de dissiper en se disant que Laura la contactera certainement le jour où elle sera casée. Elle se persuade que c'est bien ce qui va arriver et rejette avec violence l'idée qu'elle est en train de se rassurer à bon compte.

Annie se lève alors, ouvre un tiroir du salon et en tire un chiffon d'apparence sale. Graisseux, en fait.

— Et puis il y avait ça, ajoute Annie de façon paradoxalement détachée.

Delphine regarde le bout de tissu grisâtre avec un certain dégoût.

— Qu'est-ce que c'est que ce truc ?

— Un chiffon, tu vois bien. Plein de graisse, ou plutôt d'huile. C'était au fond de sa penderie.

— Et alors ?

— Et alors ? Tu sais que Philippe fait partie d'un club de tir… Eh bien, il a tout de suite eu la puce à l'oreille et a apporté le chiffon là-bas pour demander leur avis à plusieurs moniteurs. Parce que c'était trop grave. Ils ont tous été formels : c'est de l'huile de pistolet… ou de revolver, je ne sais pas, je n'y connais rien. C'est une arme, Delphine. Laura avait une arme à feu cachée chez nous ! Non, mais, tu te rends compte ? Oh, mon Dieu ! Mais je comprends maintenant pourquoi elle refusait systématiquement que je fasse le ménage dans sa chambre. Une fois où je passais l'aspirateur, elle a surgi comme une folle et m'a carrément fichue dehors. On s'est accrochées très fort ce jour-là. Elle m'a dit : « Cette chambre, c'est mon univers, personne n'y met les pieds ! » Et depuis, elle a toujours bouclé la serrure.

— Mais… vous n'avez rien dit ? C'est quand même chez vous, aussi. Refuser ainsi l'accès me paraît déjà un peu suspect.

— Tu ne peux pas t'imaginer ce que c'était de l'affronter quand elle avait une idée en tête ! Et puis le psy nous disait tout le temps de faire attention à ne pas la contrarier, d'essayer de l'accompagner plutôt que de nous braquer contre elle, et patati et patata… Alors, voilà, on a laissé faire. Mais tu penses bien qu'on était à cent lieues d'imaginer que c'était pour ça qu'elle ne voulait pas qu'on entre chez elle. Maintenant que j'y pense, si ça se trouve… elle avait peut-être aussi de la drogue. Elle a quand même été arrêtée une fois pour ça. C'est Philippe qui l'a sortie de là. Oh, Seigneur !

— Arrête avec ça, Annie. Tu sais bien que, ce jour-là, elle est tombée sur des flics obtus qui appliquaient la manière forte à des gamins qui s'éclataient un peu, comme beaucoup de jeunes. Ça n'a rien à voir avec de l'addiction ou du trafic.

— Parce que, toi, ça ne te ferait ni chaud ni froid d'aller chercher ta fille au commissariat parce qu'elle a fumé du haschich ? Tu parles de s'éclater, toi ! Avec de la drogue. Eh bien, nous, quand on était jeunes, jamais on aurait osé toucher à ça !

Delphine tend la feuille de papier carrelée à Annie en soupirant. Comme la plupart du temps où l'on aborde un sujet de société avec elle, Annie sort ses grands principes et refuse toute discussion sur le fond. Le débat est clos avant d'avoir été ouvert. Quelque part, Delphine comprend que Laura ait pété les plombs avec eux. Surtout avec elle ! Mais de là à partir, brutalement, sans laisser de traces ! Finalement, Laura n'a plus aucune attache, plus aucune famille. Ce n'est peut-être pas si compliqué pour elle de tout planter et d'aller respirer ailleurs. Le tout est de savoir ce qu'elle compte y faire. Et si cette histoire d'arme est avérée, à quoi cela va-t-il lui servir ? Delphine est bien obligée d'admettre que c'est une information qui assombrit nettement le tableau de la petite fugueuse éprise de liberté. Elle connaît Laura. Elle sait qu'elle est tout sauf une délinquante. Une révoltée, une écorchée vive, d'accord ! Mais pas une délinquante. Delphine pense un instant aller revoir Lauvergeat pour lui présenter ces nouvelles données. Mais elle sait aussi ce que l'autre va lui rétorquer : « Laura est majeure, elle a le droit d'aller où elle veut sans passer une annonce dans le journal. Le revolver ? Bien sûr que c'est illégal sans port d'arme. Mais il faut prouver qu'elle détient une arme de quatrième catégorie. Pour ça, il faut la retrouver. Donc, la rechercher. Allez, rentrez chez vous, madame. »

Delphine rumine en quittant l'immeuble triste du XIXe où elle sait qu'elle a désormais fort peu de chances de revenir. Elle marche le long du trottoir sans presser le pas. Avec cette chaleur, elle aurait tôt fait de transpirer, et elle n'a vraiment pas envie de suer en ce moment. Elle arrive au parking où elle a garé sa Fiat, contemple son capot avant tout *bigné*, en pestant intérieurement contre la lenteur de sa compagnie d'assurance à prendre en charge le « sinistre », ouvre sa portière et va pour lancer son sac sur le siège passager quand son mobile sonne.

— Delphine Lacour, j'écoute ?

— Bonjour, c'est Anne-Laure… pardon, Anne-Laure de Guermesan. Euh… je ne vous dérange pas ?

— Non, je suis dans un parking souterrain, à côté de ma voiture, allez-y…

— J'ai une bonne nouvelle pour vous…

*
* *

La Fiat 500 blanche recule prestement dans la petite rue de Viroflay pour faire un créneau le long du trottoir. La manœuvre étant mal engagée, le véhicule avance en hoquetant légèrement, puis recule à nouveau de façon assez vive, afin de se loger entre la Volvo devant lui et le réverbère derrière. C'est à ce moment que le choc se produit contre le métal de l'éclairage public, faisant voler en éclat le catadioptre arrière droit.

— Merde, merde et merde !

Delphine sort de sa voiture et contemple les dégâts en secouant la tête. Elle revient dans l'habitacle de l'auto pour couper le moteur, s'empare de son sac et ouvre la porte d'entrée de sa maison. Elle jette le sac sur le canapé du salon et monte à grandes enjambées à l'étage, dans la pièce ouverte où se trouve l'ordinateur familial. Un ado est affalé dans un fauteuil en rotin, devant l'écran, un casque sur les oreilles, et pianote sur le clavier à une vitesse effarante. Delphine enlève le casque de la tête du garçon, qui sursaute.

— Attends, maman ! T'es relou, là ! J'étais tout près du *level* 30 !

— Désolée, mon poussin, mais j'ai une grosse urgence, réplique-t-elle en tirant le fauteuil vers l'arrière et en faisant ainsi place nette.

— Je pourrais avoir mon ordi à moi, maintenant, c'est abusé ! Marion, elle a le sien.

— Tu as tout à fait raison, on va y penser. Mais pas maintenant.

Tandis que son fils s'évacue en râlant vers le salon, au rez-de-chaussée, Delphine va sur Google et tape *Alexandre Dubreuil.* Dès la première page, comme elle pouvait s'y attendre, des dizaines de sites parlant d'Alexandre Dubreuil : un boucher qui fait des promos dans le Loiret, le patron d'une usine de pièces métalliques en Gironde, un photographe qui expose dans une galerie d'Annecy, un *webmaster* belge, un apiculteur dans le Limousin, un champion de cyclo-cross, un expert-comptable, un lycéen, et tous les Alexandre « quelque chose » et « machin » Dubreuil que le Net peut abriter. Puis elle tape *Alexandre Dubreuil Toulon.* Apparaissent des photos de la rade, de la ville, de Toulonnais s'appelant Dubreuil, et le boucher, et l'apiculteur, et le champion de cyclo-cross déjà vus. Elle songe alors à ce que lui a raconté Bastien Delvaux et tape *Alexandre Dubreuil voitures anciennes.* Des Ferrari, des Lamborghini, des Lotus et d'autres qu'elle ne connaît même pas s'affichent sur l'écran. Plus le boucher, l'apiculteur et le champion de cyclo-cross.

Delphine passe plus d'une demi-heure à taper des recherches associées, mais aucune ne l'amène sur un site renfermant la photo qu'elle aimerait tant trouver. Elle se lève et fait le tour de la pièce en s'étirant. Puis… mais oui ! Pourquoi n'a-t-elle pas commencé par là ? Elle se rassoit et tape *Buzz Events Alexandre Dubreuil.*

Enfin !

Dubreuil peut effacer toute trace de ce qu'il a créé à son propre compte, mais pas de ce que les autres en pensent. C'est aussi ça, Internet ! Elle n'a pas besoin d'aller chercher bien loin. Première ligne, troisième vignette : un homme de belle allure, la trentaine triomphante, veste blanche sur chemise blanche nouée par une cravate violette, coupe de champagne à la main, pose, radieux, avec un couple âgé, les deux souriants et élégamment habillés, eux aussi. La photo est tirée d'une manchette de *Paris Normandie*, l'organe de la PQR locale, et jouxte un texte court : *Le sémillant manager de la société Buzz Events, Alexandre Dubreuil, aux côtés de monsieur le maire de Lyons-la-Forêt, accompagné de madame. La commune normande a bien voulu accorder à la société d'événementiel parisienne le centre-ville et les halles du XVII*e *siècle pour... (Lire la suite).*

La photo est d'assez bonne qualité, ce qui ne gâche rien, et Delphine l'enregistre sur son bureau. Puis elle retourne sur la page Google. Elle clique sur d'autres sites où le nom d'Alexandre Dubreuil est mentionné, dont un forum fréquenté par des gens de la pub ou des arts graphiques qui parlent d'expériences professionnelles vécues avec l'oiseau recherché. « Escroc », « voleur », « usurpateur », tels sont les joyeux qualificatifs revenant dans les propos des internautes, qui ont visiblement décidé d'habiller le « sémillant manager » pour l'hiver ! Delphine n'accorde généralement pas trop d'importance à la virulence des mots sur la Toile : elle ne connaît que trop ce lieu d'expression ouvert à tous, avec tout ce que cela comporte d'outrance et de non-vérité. Mais compte tenu de ce qu'elle sait déjà sur son loustic, elle daigne cette fois-ci approfondir un peu la question.

Pas d'erreur, les griefs retenus sont grosso modo ceux que lui a rapportés Anne-Laure de Guermesan. Elle cherche parmi les témoignages acrimonieux si l'un d'eux n'émanerait pas, par hasard, de l'un des potes d'Anne-Laure dont les honoraires ont été « oubliés » par Buzz Events. Rien dans ce style-là, mais un échange entre trois internautes l'intéresse par contre plus spécialement : l'un d'eux, apparemment un graphiste ayant travaillé pour l'agence sur des habillages de stands – et naturellement aux factures impayées –, demande si quelqu'un « saurait où se trouve maintenant Dubreuil, histoire d'aller lui botter le cul comme il le mérite, à ce salopard ». Et les autres de répondre qu'ils n'en savent rien, seulement qu'il n'est plus dans le 92.

L'info d'Anne-Laure est donc de toute première fraîcheur !

Des lèvres viennent alors effleurer son cou.

— Bonjour, ma belle. Bonne journée ?

Elle répond par un baiser léger à son mari, de retour de son labeur quotidien, et lui montre l'écran de façon triomphale.

— Qui c'est, ce mec ? Alexandre Du… Nooon ? *Le* Alexandre Dubreuil ?

— *The one and only one !* Photographié ici du temps de sa splendeur. Mais regarde plutôt ce forum, ils n'y vont pas avec le dos de la cuillère, les pauvres dindons de la farce.

Frédéric Lacour parcourt rapidement les récriminations et les noms d'oiseau en souriant.

— Ça, on peut dire qu'il a laissé un bon souvenir aux gens qui ont bossé avec lui, ce brave homme !

— Et tu sais quoi ? Je sais où est Alexandre Dubreuil.

Le sourire disparaît du visage de Frédéric, qui s'accroupit devant sa femme, assise dans son fauteuil.

— Tu sais où il est, toi ?

— Dans le sud de la France. Dans le Midi, plus précisément.

— Et… t'as trouvé ça où ? Apparemment, tu dois bien être la seule à détenir l'info. Il faut que tu leur écrives, sur ce forum !

— Myriam, qui déjeunait ce midi avec Anne-Laure de Guermesan et une autre fille ex-Buzz Events : Tu sais, c'est l'ancienne secrétaire de l'agence, celle que Dubreuil avait plaisamment qualifiée de « bonne petite ouvrière ». Son copain bosse à l'Urssaf. Ils ont lancé, il y a quelques mois, une procédure de recouvrement portant sur des cotisations patronales non payées par l'agence à la suite de plusieurs avis, auxquels Dubreuil n'a d'ailleurs jamais répondu. Et la semaine dernière, tiens-toi bien : ils ont reçu un règlement de tout ce que devait Dubreuil – majorations comprises – de la part d'un compte domicilié dans une succursale de la BNP à Toulon. Tout ! C'est incroyable, non ? Renseignements pris, il a bien ouvert un compte là-bas et il a été vu dans la ville par plusieurs personnes.

— Et ils vont aller le chercher ?

— D'après Myriam, les poursuites judiciaires pourraient être stoppées, puisqu'il s'est acquitté de ce qu'il devait. Mais d'un autre côté, une fois qu'une affaire est engagée, elle ne s'arrête pas sur un simple règlement des dettes. Il faudra vraisemblablement en passer par une action au tribunal administratif. Je pense que Myriam a dit à ses copines ce qu'elle savait, mais même son petit ami ne peut peut-être pas tout lui raconter : les services de l'Urssaf n'ont certainement pas envie de laisser filtrer trop d'infos à ce sujet. Par contre, on peut se poser la question : pourquoi et comment Dubreuil a-t-il réglé ses dettes depuis l'autre bout de la France, alors qu'il était dans la panade ici, à Paris, avec sa boîte ? C'est qu'il a vraisemblablement trouvé de quoi se refaire et payer pour qu'on l'oublie définitivement. Le problème est que je ne sais pas où il est exactement. Quant à le retrouver par des voies officielles, j'essaierai, mais je ne me fais aucune illusion : je suppose qu'il doit être sur liste rouge ou quelque chose dans le genre. Je ne vais donc pas grimper dans le premier TGV pour Toulon afin d'aller dire à ce monsieur ce que je pense de sa conduite, si c'est ça, le vrai fond de ta question.

— Je vais donc t'avoir pour moi tout seul, dit Frédéric finement.

Il pose ses mains sur les cuisses de Delphine et les remonte sous la robe légère, où ses doigts rencontrent une fine dentelle qu'il connaît bien.

Elle frissonne légèrement et lui sourit, mais repousse doucement ces mains exploratrices hors de la zone de tous les bonheurs.

— Pas tout seul, mon Freddy joli. Romain est en bas, dans le salon. Tu ne l'as pas vu ?

— Ah… euh… non, je suis monté directement. Il n'est pas à son entraînement d'athlé ? Bon, bon, bon… eh bien, à plus tard, alors.

Elle rabat sa robe sur ses genoux et va pour se remettre à l'ouvrage sur ses recherches quand son mari se retourne.

— Au fait, tu as vu ta voiture ? T'as un catadioptre explosé à l'arrière.

— Oui, j'ai vu, soupire-t-elle. J'en ai marre, ça fait deux fois que je me la fais bousiller dans Paris. Et évidemment, pas de carte de visite !

Delphine compose le numéro de Laura sur son mobile. À tout hasard. Pour être sûre de ne rien laisser de côté. Elle écoute, légèrement interloquée, et compose de nouveau le numéro. Même message de l'opérateur : le numéro composé n'est pas attribué. Elle ne s'est pas trompée. Il n'y a donc plus de boîte sur laquelle laisser son message.

Laura n'existe tout simplement plus à ce numéro. Ce qui veut dire qu'elle a résilié son abonnement. Vraisemblablement pour changer de coordonnées. Mais surtout pour couper tous les ponts avec le passé. Laura ne veut pas qu'on la retrouve. Elle est bien décidée à changer de vie. De vie, et peut-être de lieu d'existence.

Mon avenir est tout tracé et je sais où va me mener la route que je dois emprunter.

Delphine contemple sur l'écran le portrait – assez flatteur, doit-elle le reconnaître – d'Alexandre Dubreuil. Dans sa tête tourne en boucle la phrase de Laura. Elle est empreinte d'une détermination qui ne la surprend pas. Ce qui l'inquiète sérieusement est que cette détermination est probablement couplée avec la possession d'une arme. Pourquoi, et surtout comment diable Laura aurait-elle pu se procurer une arme ? Soit elle se croit menacée, soit…

Delphine sent d'un coup son sang descendre dans le bas de son corps et un immense frisson glacé l'envahir.

— Frédéric ! Frédéric !

Elle dévale l'escalier et fait irruption dans leur chambre, où son mari est en train de troquer son costume de travail pour un bermuda, des tongs et un t-shirt estampillé *Crosby, Stills & Nash*.

— Frédéric, fait-elle, essoufflée. J'ai un horrible pressentiment !

— À propos de…

— Laura ! Je… je ne t'ai pas tout dit. J'ai aussi vu Annie aujourd'hui…

Toulon, juillet 2012

Le TGV Paris-Nice file à pleine vitesse dans la vallée du Rhône.

Malgré le fait qu'on soit un jour de semaine, les voitures sont bondées. En plein mois de juillet, rien d'anormal finalement – beaucoup de citadins tout excités à la pensée de pouvoir se prélasser, dans quelques heures, sur les plages de la Côte. Des enfants courent dans le couloir, entre les fauteuils, des ados rient de façon bruyante dans les alcôves réservées aux petits groupes tandis que le contrôleur passe de fauteuil en fauteuil pour vérifier que tout ce joli monde s'est bien acquitté du droit à emprunter le train le plus rapide du monde. Ce qui n'est pas exactement le cas du jeune homme qu'il entreprend de verbaliser pour défaut de présentation de sa carte de réduction 18-26 ans. Il lui fait signer le procès-verbal, puis s'adresse à sa voisine côté fenêtre.

La jeune fille blonde aux cheveux coupés court, regard voilé par une paire de lunettes de soleil énormes, lui tend son billet, qu'il valide et lui retourne avec un sourire en disant :

— Le train sera en gare de Toulon dans une heure et quart environ. Bonne fin de voyage, mademoiselle.

Elle acquiesce d'un bref signe de tête et retourne à sa contemplation du paysage. Au loin, le mont Ventoux fait admirer ses flancs pierreux et, plus près de son champ de vision, la végétation méditerranéenne défile à grande vitesse devant ses yeux mi-clos. Elle serre sur ses genoux son gros sac de cuir, qu'elle n'a pas voulu ranger au-dessus d'elle dans le porte-bagages, malgré la proposition empressée du séduisant trentenaire assis sur la banquette de l'autre côté du couloir. Il a même essayé d'entamer la discussion avec cette fille au profil assez renversant, mais les réponses lapidaires et glaciales de celle-ci lui ont vite fait comprendre qu'il n'y avait pas grand-chose à espérer pour la suite des événements. Une pimbêche de première, assurément ! L'installation entre eux à Lyon du jeune ayant oublié sa carte de réduction a de toute façon coupé court à ses espoirs.

Après Aix, le TGV adopte une allure beaucoup plus modérée et arrive à Toulon à l'heure prévue. La jeune fille charge son sac sur son épaule et emprunte le passage souterrain pour émerger, en plein soleil de midi, sur le parvis de la gare.

La chaleur poisseuse de la ville imprègne aussitôt toutes les parties de son corps. Elle regarde le flot dense de la circulation qui englue l'avenue, et quelque chose en elle lui souffle qu'elle a bien peu de chances d'aimer cet endroit. De toute façon, ce n'est réellement pas un problème, et elle entreprend de traverser l'artère bruyante pour descendre vers la vieille ville, plus accueillante.

Elle traverse la place de la Liberté, puis se dirige vers la rade, à travers des ruelles un peu sales où le soleil ne pénètre pour ainsi dire jamais. Elle entre dans un petit hôtel, donne son nom au réceptionniste, qui se tourne vers son tableau et lui tend une clé ouvrant une chambre au deuxième étage.

La pièce est tout ce qu'il y a de simple, mais propre.

Elle range ses affaires dans le placard prévu à cet effet, dépose sa trousse de toilette dans la salle de bains, dont le néon au-dessus de la glace grésille avec un vilain bruit, puis retourne dans la chambre, où elle se saisit d'une télécommande posée sur le meuble télé. Elle allume le petit écran et passe sur le canal de France 3 Provence-Alpes-Côte d'Azur. Elle s'allonge sur le lit, ébouriffe de sa main ses cheveux courts et regarde sa montre. Bientôt l'heure des actualités régionales.

*
* *

Denis de Kergorlay ne tient plus en place.

L'inauguration de ce superbe centre commercial que son entreprise Provabat Provence vient d'édifier dans la banlieue est de Toulon bat son plein. La journée est splendide, les édiles locaux et régionaux sont naturellement présents, ainsi que tous les partenaires et sponsors de ce projet qui va doper, à n'en pas douter, la force de prospection de l'entreprise. Denis est assis devant une table de maquillage et se laisse étaler du fond de teint sur le visage par la maquilleuse chargée de le préparer au passage devant les caméras. La fille passe avec des gestes sûrs et apaisants le gros pinceau sur son visage de sorte que la nervosité qui l'a gagné, il y a quelques minutes, est en train de s'évacuer progressivement. « Elle connaît son boulot », se dit Kergorlay en admirant la gestuelle maîtrisée de la fille. Au bout de quelques instants, elle lui indique doucement qu'elle a fini, et une attachée de presse arrive tout sourire pour lui dire que ce sera à lui dans cinq petites minutes.

Denis de Kergorlay en profite pour sortir de la tente siglée France 3 PACA sur le parvis du centre et observe, avec une satisfaction mêlée d'une certaine fierté, l'énorme animation qui est en train de battre son plein au milieu de la foule profitant pleinement du généreux soleil azuréen.

Un orchestre de jazz dixie se promène au gré des attractions pour balancer son swing entraînant et distribuer de la bonne humeur à toutes et tous. Des hôtesses habillées aux couleurs *génériques* du centre distribuent des flyers aux passants et, tout autour du parvis, des animations dynamiques sont proposées aux petits et aux plus grands pour donner à cette journée un air de fête qui devra – forcément – laisser des traces dans les mémoires. Profitant de ces quelques instants où personne ne vient le solliciter, Denis contemple, radieux, toute cette activité et se félicite d'avoir accepté d'innover dans ce domaine de l'événementiel par rapport à ses concurrents entrepreneurs, toujours frileux dès qu'il s'agit de dépenser un euro de plus en communication. Rien ne sert d'avoir de bonnes idées si personne ne le sait, comme il aime à le professer.

L'attachée de presse revient, accompagnée cette fois de la star. Le présentateur vedette de la chaîne, Roger-Jacques Blanc, tend une main vigoureuse à Denis et lui demande, d'un ton rassurant, si tout va bien. Puis il lui explique comment se déroulera l'interview. Il lui rappelle que ce sera du direct – énorme privilège pour les infos de 12 h 30 –, une minute quarante-cinq et trois questions portant sur : les buts recherchés dans la construction de ce centre commercial d'un type nouveau, les perspectives financières du centre à court et moyen terme, et enfin la philosophie voulue pour cette journée grâce aux diverses animations. Il le rassure également sur le fait qu'il n'aura pas le soleil en face. Denis acquiesce poliment de la tête pour monter qu'il a bien tout compris et le présentateurvedette lui donne une petite bourrade amicale sur l'épaule.

Denis est guidé vers le plateau, puis positionné devant les caméras et les parapluies de lumière en attendant que Roger-Jacques arrive et s'adresse à lui. Il se met alors à penser que, sans l'arrivée récente du fils de son vieux cousin normand, il n'aurait jamais osé penser une seule seconde à monter une telle opération marketing pour une inauguration, même d'importance comme celle-ci. Ce qui se passe autour de lui aujourd'hui le conforte dans son choix audacieux, voire risqué, d'il y a quelques mois : le prix à payer a été un peu lourd, il faut bien le reconnaître ; c'était bien parce que c'était quelqu'un de la famille. Mais il savait cet homme talentueux. Seules sa fougue et une certaine inconscience l'avaient plongé dans cette situation « délicate ». Son cousin lui avait suffisamment rendu de services par le passé pour que Denis sorte le chéquier et règle ses « petites dettes », en espérant récupérer la mise le plus rapidement possible. Eh bien, voilà ! On y était, et le pari semblait gagnant. Ce petit cousin n'était tout simplement pas fait pour être chef d'entreprise. Il lui fallait un cadre, et là, son potentiel s'est exprimé à plein.

Justement, le voici qui arrive et se positionne discrètement à sa gauche, un peu en retrait. Comme tous ces hommes de l'ombre qui œuvrent efficacement pour l'éclat de la vitrine, songe-t-il. Il lui adresse un imperceptible clin d'œil, que l'autre reçoit avec un léger sourire.

Soudain, Denis entend les ordres jaillir à sa droite : l'antenne dans quelques secondes, le silence demandé. Son pouls s'accélère brutalement. Ce n'est pas tous les jours qu'on passe au midi trente de France 3 ! Par contre, Roger-Jacques Blanc n'est toujours pas là. Ce qui commence à l'inquiéter un peu. Mais il le voit alors arriver sans presse aucune et s'emparer sereinement du micro tendu. « Le vrai pro », pense Denis avec un brin d'admiration. Les secondes s'égrènent. Roger-Jacques entre alors dans le champ de la caméra et se tourne vers Denis de Kergorlay avec un sourire enjôleur.

Ainsi qu'il le lui a expliqué hors plateau, le journaliste pose les trois questions à l'entrepreneur. Celui-ci est au départ tendu, mais il trouve, au fil de l'entrevue, une assurance jusqu'ici insoupçonnée. Le temps court à une vitesse sidérante, car voici que Roger-Jacques Blanc remercie déjà Denis pour ses réponses claires et, par la même occasion, pour cette « extraordinaire fête d'inauguration, que les Toulonnaises et les Toulonnais auront à cœur de se souvenir ». Denis voit là la petite ouverture pour demander timidement s'il peut ajouter un tout petit mot. Il tient à remercier publiquement son nouveau directeur des ventes et de la promotion pour l'organisation sans faille de cette grande mise en scène.

La caméra zoome alors sur le personnage au sourire empreint de légitime fierté, en retrait et à gauche de Denis, et Roger-Jacques Blanc rend l'antenne à la régie.

*
* *

Tout en croquant mollement un biscuit au chocolat, la jeune fille, allongée sur le lit de sa petite chambre d'hôtel, regarde la fin du reportage sur France 3. Sa tête se redresse imperceptiblement quand le visage à gauche de celui de l'entrepreneur vedette du jour apparaît furtivement en gros plan. Puis elle retombe sur l'oreiller. Une onde électrique la parcourt jusqu'aux orteils et un sentiment d'excitation mêlée à de l'écœurement lui fait remonter l'estomac. Elle se saisit de la petite bouteille d'eau posée sur la table de nuit et avale une longue gorgée, qui apaise petit à petit le spasme interne.

Tandis que la journaliste de plateau continue avec les nouvelles en bref, la fille se lève et se rend dans la salle de bains, où elle se déshabille et enjambe les bords de la baignoire. Elle n'ouvre que le robinet d'eau froide.

Une fois la douche expédiée, elle s'entoure de la serviette blanc et bleu à disposition, et entreprend de se maquiller. Elle applique méthodiquement de grandes couches d'un fond de teint épais, qui masquent la pigmentation naturelle de sa peau et donnent à son visage une carnation uniforme. Puis elle passe sur ses yeux un fard à paupières vert amande et souligne ses cils d'un trait épais de khôl noir charbon. Elle se brosse vigoureusement les cheveux, préalablement enduits de gel de façon à obtenir une coiffure déstructurée.

Elle se contemple dans le miroir aux bords piqués, visiblement satisfaite de son travail.

Elle plonge alors la main dans sa trousse de toilette et en extrait une petite capsule de plastique, qu'elle dépose sur le bord du lavabo. Elle saisit délicatement de la pulpe de son index droit une lentille, qu'elle fait adhérer à la conjonctive protégeant son œil. Elle cligne plusieurs fois des paupières et examine ce regard bizarre, bleu turquoise à droite et marron à gauche. Elle applique la deuxième lentille pour obtenir un regard cette fois entièrement couleur café.

Débarrassée de la serviette, elle enfile un jean piqué de brillants et un t-shirt noir à petits boutons, sur lequel elle passe un petit gilet en lamé. Elle pioche dans son grand sac un dossier, qu'elle ouvre sur le lit et dont elle compulse la première page, comme pour une ultime vérification. Elle referme le tout et le glisse dans son grand sac fourre-tout noir, dans lequel elle insère une pochette en cuir, qu'elle cale bien au fond, pochette qu'elle recouvre ensuite d'un grand foulard.

Elle sort de la chambre, descend à la réception pour y laisser la clé et sort dans la rue. Même au fond de la ruelle, la température est très élevée. La fille marche d'un pas assuré dans la touffeur de la ville et remonte vers le boulevard où se situe l'agence de location de voitures qu'elle a contactée. Une fois la paperasse signée, elle prend livraison d'une petite 207 à toit ouvrant – elle l'a demandé – et file vers la corniche bordant le littoral. La circulation s'épaissit au fur et à mesure qu'elle approche du nouveau centre commercial et elle doit se garer un peu en amont pour terminer à pied.

Elle se faufile au milieu de la foule des badauds et des curieux, serrant son sac contre elle. Un homme de la sécurité lui indique l'endroit où se trouve le QG du groupe Provabat Provence. Arrivée devant la double porte, elle se dirige vers une hôtesse d'accueil.

— Bonjour, je suis conceptrice en aménagement de stands et j'aimerais rencontrer le directeur des ventes de la société pour lui présenter mon dossier de créations.

— Qui dois-je annoncer ?

— Lucie Levars. Voici ma carte.

Dix minutes plus tard, l'hôtesse revient vers la jeune fille.

— Mademoiselle Levars ? M. Dubreuil est très occupé et ne peut vous recevoir aujourd'hui sur cet événement. Il vous conseille de rappeler le siège de Provabat les jours prochains à ce numéro. Quelqu'un vous fixera un rendez-vous.

Versailles, juillet 2012

Assise dans un inconfortable fauteuil du hall du SRPJ de Versailles, Delphine Lacour tente de se concentrer sur le livre qu'elle a apporté pour meubler une attente qu'elle a prévue longue. Au bout de quelques minutes, elle soupire et le referme, de guerre lasse : cela fait trois fois qu'elle relit le même passage et elle s'aperçoit qu'elle n'en a rien retenu.

Elle range son bouquin dans son sac à main et essaie de se détendre du mieux qu'elle le peut. Au terme d'un quart d'heure d'attente supplémentaire, la porte du couloir attenant au hall s'ouvre alors sur la haute carrure du capitaine Lauvergeat, qui lui fait signe de la suivre après une brève poignée de main accompagnée d'un « bonjour » aussi rapide qu'inaudible.

Arrivé dans son bureau, il l'invite à s'asseoir, toujours sans un mot, et ouvre une petite chemise, de laquelle il extrait une feuille où sont griffonnées des notes éparses à l'écriture manifestement large et désordonnée. Il se relit l'espace de quelques secondes et s'adresse à Delphine.

— Madame Lacour, j'ai bien réfléchi à ce que vous m'avez dit avant-hier au téléphone. Je vais être très clair avec vous : tous vos soupçons, toutes vos craintes concernant Laura Ercolani restent pour nous de simples suppositions. En théorie, je ne devrais même pas vous recevoir à ce sujet. Je vous l'ai déjà fait comprendre la dernière fois que vous êtes venue dans ce bureau. Seulement, si ce que vous envisagez devait malheureusement se réaliser, je me sentirais coupable de n'avoir rien fait, tout du moins de n'avoir rien tenté.

Delphine sent progressivement ses muscles se détendre et une petite lumière s'allume dans son cerveau.

— Comprenez-moi bien : il n'y a aucune raison, aucune preuve valable pour que j'ouvre une enquête sur son cas. Mais je vais vous proposer quelque chose qui pourrait faire avancer l'affaire, du moins en ce qui vous concerne. Vous avez ce chiffon ?

Delphine ouvre prestement son sac à main et en sort un sachet en plastique de supermarché, duquel elle extirpe le chiffon huileux qu'elle a « oublié » de rendre à Annie. Elle le tend à Lauvergeat, qui l'examine, le sent, puis le pose sur son bureau.

— Hmm, c'est effectivement assez probable… Ce chiffon a peut-être servi à emballer une arme de poing. Mais, pour pouvoir l'affirmer avec certitude, il faudrait le faire analyser. De toute façon, on ne peut pas appréhender quelqu'un sur la simple présomption qu'il – ou elle – se balade avec un revolver dans son sac. L'intuition que cette personne va peut-être attenter à la vie de quelqu'un d'autre est également irrecevable. Aussi absurde que ça puisse vous paraître, c'est une atteinte à la vie privée. Eh oui, c'est comme ça ! Bref, vous n'avez strictement rien à espérer de ce côté-là. Ce que vous pouvez par contre faire, c'est engager une action pour « recherche de personne à tendance suicidaire censée posséder une arme et pouvant attenter à ses jours ».

— Mais… Laura n'est pas suicidaire, ce serait plutôt l'inverse…

— Êtes-vous sûre qu'elle ne l'est pas, après tout ce qu'elle a vécu ? Je veux bien vous recevoir dans ce cadre-là. Vous êtes venue me voir pour m'alerter sur le fait que Laura Ercolani a des tendances suicidaires, qu'elle possède vraisemblablement une arme à feu et qu'elle peut mettre fin à ses jours. Ce qui nous donne toute latitude pour intervenir. Je vais alors faire établir un télégramme national alertant toutes les patrouilles de police de France, dont bien évidemment celles de la région PACA, avec mission de rechercher une personne nommée Laura Ercolani, peut-être en possession d'une arme de poing et pouvant mettre sa propre vie en danger. Vous saisissez la nuance ?

— Je… il me semble, oui. Mais ça nous mène à quoi ?

— À la localiser et à l'interroger, c'est tout. Si elle est à Toulon, comme vous semblez le prétendre, les patrouilles là-bas la conduiront au poste pour vérifier son identité et nous alerter. Par contre, je vous préviens : elle sera totalement en droit de refuser de vous contacter et, bien évidemment, elle niera avoir des tendances suicidaires. C'est tout ce que je peux vous proposer. Que fait-on, madame Lacour ? dit-il en ouvrant un dossier sur son ordinateur.

Delphine se cale sur la chaise et baisse les yeux sur ses chaussures :

— Voilà… je viens donc vous voir, car je pense que Laura Ercolani peut être dangereuse pour elle-même à la suite de tendances suicidaires clairement affirmées.

Montvalent, avril 2018

La Twingo vert pomme sort du village de Montvalent, surplombant la Dordogne, et entreprend la descente de la départementale qui mène au pont de Gluges. Quelques centaines de mètres plus bas, elle vire à gauche sur une minuscule route, dissimulée de l'axe principal par les feuillages des arbres.

La petite voiture roule à vitesse réduite sur cette voie en pente extrêmement étroite, jusqu'à un petit carrefour bordé par deux vieilles maisons dont les volets sont fermés depuis belle lurette. Elle s'immobilise sur le terre-plein et le moteur se coupe. Lydie Grondin en descend et emprunte, d'un pas lent et chaloupé, un minuscule chemin herbeux qui se dirige vers la falaise proche. Au bout de quelques mètres, elle débouche sur une merveilleuse vasque d'eau turquoise d'une petite centaine de mètres carrés, abritée sous les rochers et constituant le bas de la falaise de Montvalent. La végétation déborde joyeusement sur le calcaire et des branches d'arbustes effleurent la surface de l'eau. L'endroit est d'une beauté pure et respire le calme et la sérénité. Le mystère de la résurrection également. Ainsi donc, la voilà.

La fontaine Saint-Georges.

Lydie fixe l'immobilité du miroir, que vient parfois perturber une feuille tombée d'un arbre voisin. Cette eau, qui s'écoule très lentement en un ru caché par les herbes hautes à l'extrémité opposée à la falaise, rejoint la Dordogne plus bas, à un kilomètre vers le sud.

Cette « fontaine » est en fait la résurgence de la rivière souterraine qui serpente dans les entrailles du gouffre de Padirac, au travers des salles souterraines, des galeries englouties et des siphons.

Lydie se rappelle avoir vu un reportage sur l'histoire de l'exploration de cette résurgence, les multiples plongées, depuis la première en 1948 jusqu'aux dernières, il y a une quinzaine d'années. Elle sait que la vasque est un puits extrêmement profond dont la température, relativement clémente en surface, chute rapidement au fur et à mesure que l'on descend dans les profondeurs sombres. Seuls des plongeurs professionnels et sérieusement équipés d'épaisses combinaisons peuvent braver cet univers hostile. Quelques gamins du coin s'amusent parfois à sauter dedans en plein été, quand il fait très chaud, mais la froideur de l'eau les fait remonter très vite sur l'herbe environnante.

Lydie s'accroupit et plonge le bout de ses doigts dans l'onde avenante, puis enfonce carrément son avant-bras dans la profondeur bleutée… pour le retirer aussitôt : l'eau est glacée ! Elle essuie doucement sa main dans son mouchoir en songeant au fait qu'il ne vaut mieux pas tomber là-dedans tout habillé !

Cela va de soi.

Elle passe encore quelques minutes à détailler minutieusement les environs du site, puis reprend dans l'autre sens le petit chemin qui y mène. Elle remonte dans sa Twingo et quitte cette fontaine Saint-Georges. En se disant qu'elle sera peut-être amenée à y revenir.

*
* *

Brive, avril 2018

Lydie Grondin émerge du parking souterrain de La Guierle, situé en plein centre de Brive, et contemple la façade du théâtre municipal récemment rénové. Elle est déjà venue dans cette ville, dite le « riant portail du Midi », il y a quelques années. C'était durant cette période insouciante des vacances d'été chez son oncle et sa tante de Souillac. Ils l'amenaient souvent ici le samedi, pour le marché sous la halle Georges-Brassens. Mais, pour être vraiment honnête, Lydie n'en a pas grand souvenir, si ce n'est les animaux – poulets, canards, lapins –, les odeurs de fromage et de charcutaille, et l'ambiance unique avec l'accent du coin, qui lui semblait tellement rigolo lorsqu'elle était gamine. Elle garde en tête les images diffuses d'un endroit animé où il faisait bon se promener, sentir et écouter.

Exécrable en début de semaine, le temps a évolué, en quelques jours, dans le bon sens, à savoir celui d'un joli mois d'avril annonciateur de belles journées à venir en mai et juin. Le soleil illumine les rues, et l'atmosphère est un appel à flâner devant les vitrines des magasins. Elle a une idée précise de ce qu'elle recherche, et ce qu'elle voit, dans certaines petites boutiques du centre-ville, lui met du baume au cœur.

Une heure et demie plus tard, elle revient vers le parking, les bras chargés de sacs contenant de jolies choses qu'elle mettra le jour venu. Des choses qu'elle n'aurait jamais eu l'idée d'acheter auparavant, mais cette fois, il faut s'adapter et ne pas hésiter à en faire un peu trop. Enfin, toujours dans le bon goût, espère-t-elle. Puis elle songe à son ordonnance et pénètre dans une pharmacie, au bas de la vieille ville.

La préparatrice lui énonce, comme à tous ses clients, la posologie des médicaments prescrits. Elle attire son attention sur l'un d'eux en lui faisant des recommandations supplémentaires.

— Ne vous inquiétez pas, je connais, lui dit Lydie avec un sourire rassurant.

Elle reprend ses sacs et paquets, puis sort de l'officine. Elle descend au parking déposer son chargement dans sa voiture, puis remonte à la surface. Elle regarde tout autour d'elle, comme pour chercher l'inspiration de ce qu'elle va faire maintenant pour meubler une soirée qui s'annonce longue.

« Puisque j'ai dit que je ne pourrai pas être à Martel ce soir et que tout se sait dans ce fichu bled, autant ne pas y foutre les pieds et rester ici, en espérant que les cinoches du coin passent quelque chose d'acceptable. »

*
* *

Martel, avril 2018

Dans son bureau, face à son ordinateur, Antoine Bressac est affalé dans son fauteuil. Le visage pâle et les traits tirés, il triture frénétiquement un élastique entre ses doigts. Il fixe d'un regard absent l'écran, où s'étale en plein la photo de la belle demeure au bord de la Dordogne. Il tire de plus en plus nerveusement sur l'élastique, qui finit logiquement par céder.

— Putain, bordel de merde ! De merde et de MERDE !

Il se relève brutalement et donne un coup de pied hargneux dans la poubelle, dont le contenu s'étale sur le plancher stratifié de son bureau. Il tourne dans la pièce comme un forcené et se retient de passer sa rage sur les quelques bibelots d'une autre époque posés sur la petite table en coin. Il réussit à annihiler la colère destructrice qui fait descendre sur ses yeux un voile rouge et parvient à calmer son rythme respiratoire. Ne pas donner de prise. Ne pas céder à la facilité. Rester maître. Et cette dinde de secrétaire qui, évidemment, a dû tout entendre. De toute façon, tout s'entend dans ce trou pourri !

« Mais bon sang ! Comment ça a pu foirer à ce point ? »

Malgré ses efforts, Bressac reste hors de lui. Des mois de boulot foutus en l'air par… Bon Dieu de bon Dieu ! Il le saura bien, qui lui a joué ce tour de salaud. Et il va le payer au prix fort !

La fièvre est trop intense. Bressac a besoin de redescendre d'une manière ou d'une autre. Il a juré qu'il ne recommencerait pas, mais là, il ne peut plus arrêter cette envie irrépressible qui monte soudainement en lui. Cette envie qu'il sait n'avoir jamais totalement disparu de son corps. Il ouvre d'un coup la porte de son bureau, faisant sursauter Noémie, qui fait tout pour s'intéresser au maximum à ce qui se passe sur son écran.

— Noémie, je m'absente un quart d'heure.

— M… mais… vous avez rendez-vous dans cinq minutes avec M. et Mme Praudel, à 18 heures exactement…

— Oui, eh bien, vous les ferez attendre un peu. Ils ne vont pas en mourir, non ?

Elle murmure un inaudible « oui, monsieur » et sursaute de nouveau au claquement sec de la porte de l'agence.

Antoine Bressac traverse l'avenue et se dirige vers le bar-tabac qui fait face à son agence. Il en ressort, un paquet de cigarettes à la main. Il l'ouvre nerveusement et en tire de quoi calmer la tempête qui secoue sa boîte crânienne. La première bouffée le fait un peu tousser mais, très vite, la nicotine envahit son corps et lui procure un état de calme relatif dont il a oublié la saveur. Il aspire lentement la fumée et marche sous les arbres qui bordent cette avenue entourant le cœur du bourg. Il contemple cette blonde incandescente serrée entre son index et son majeur, et se dit que, s'il a réussi à s'arrêter il y a trois ans, il arrivera bien à refaire de même… quand il n'en aura plus besoin.

C'est incroyable ! Ahurissant ! Tout se passait comme dans un rêve : ils la voulaient, cette baraque, les Stanley ! Ils sont venus trois fois ! Mais nom de Dieu, comment ont-ils pu faire marche arrière aussi vite ? Il a encore dans l'oreille la voix distinguée de Denis Stanley. Distinguée, mais empreinte d'une fermeté ne laissant rien augurer de bon : « Monsieur Bressac, je suis vraiment désolé de vous informer que nous cessons de nous intéresser à la maison que vous nous avez fait visiter. »

Les sept tours de Martel se seraient écroulées en même temps que ça aurait produit le même effet sur Antoine Bressac. Il lui a fallu quelques secondes pour recouvrer ses esprits et parvenir à articuler une demande d'explication. Ce n'était pas possible ! Ils étaient à deux doigts de signer le compromis. Mais il a senti, dans la voix assurée de Stanley, une décision qui n'avait aucune chance d'être remise en question. L'Anglais lui a répété leur détermination, à sa femme et à lui, sans entrer dans des explications superflues, puis a conclu avec ces mots : « Monsieur Bressac, quand je traite une affaire, j'aime que mon interlocuteur se comporte en gentleman, avec discrétion, et ne dévoile pas nos entrevues dans tout le pays avant la conclusion définitive. *Au revoir, monsieur.* »

Les trois derniers mots, sans appel, prononcés en français de façon ouvertement méprisante, ont claqué comme une gifle en pleine figure.

Malgré un semblant de calme retrouvé, Bressac souffle comme une locomotive lancée à pleine vapeur. Manifestement, quelqu'un a provoqué une fuite pour lui nuire. Mais qui ? Il pense naturellement à ses deux confrères, Prunières et Richard. Ils ne se sont jamais montrés spécialement ravis de son installation à Martel – il y a un peu de quoi, en toute franchise, mais de là à lui jouer un tour de cochon pareil ! Non, impossible, ça va à l'encontre de la déontologie la plus élémentaire ! Et puis il ne leur a absolument rien dit. Jamais. Bien sûr qu'ils savent que cette maison est chez lui, mais la rencontre avec les Stanley, ils n'ont jamais été au courant. Sauf si quelqu'un le leur a dit. Qui ?

Noémie ? Pourquoi pas ? Cette idiote ne sait pas tenir sa langue. Il l'a sermonnée lors d'une histoire un peu semblable, il y a quelques mois, mais comme c'était de bien moindre importance, il a décidé d'être grand seigneur. Pour ce qu'il en est remercié ! Car qui, à par elle, connaît le dossier ? Bressac en devient de plus en plus persuadé au fur et à mesure de ses ruminations : la fuite ne peut que venir de sa secrétaire. Depuis qu'il lui a remonté les bretelles, elle est franche comme un âne qui recule. Le tout est de trouver une preuve, et il lui collera un avertissement par lettre recommandée, qui pèsera lourd le jour où il voudra la licencier.

Il écrase sa cigarette du bout de sa chaussure et retourne à grands pas vers son agence. Les Praudel se lèvent à son arrivée. Il les accueille de son sourire éclatant et se confond en excuses pour ce retard. Il les fait pénétrer dans son bureau et, avant de fermer la porte, indique d'une voix atone à Noémie qu'elle devra rester jusqu'à ce que le couple parte, car il désire avoir un petit entretien avec elle.

Toulon, septembre 2012

Assis dans l'un des deux confortables fauteuils club du bureau de son directeur des ventes, Denis de Kergorlay tapote nerveusement de sa main droite l'accoudoir en cuir brun foncé. L'air dans la pièce pèse une tonne et cette lourdeur n'a rien à voir avec la chaleur extérieure qui écrase la Côte depuis quelques jours. Alexandre Dubreuil est debout devant son bureau et tente de se donner une contenance en compulsant négligemment un dossier en cours. Il sort son mouchoir de sa poche revolver et éponge les gouttes de sueur qui perlent à son front. Le ronronnement de la climatisation meuble le silence épais qui s'est instauré entre les deux hommes. Alexandre continue de fixer le papier devant lui de façon hypnotique et dit sans quasiment desserrer les dents :

— Je... je suis désolé, mais je n'accepte pas... enfin, je ne peux pas accepter ce genre de méthodes.

Denis se lève à son tour et fait un effort pour ne pas hurler.

— Mais bon sang, Alexandre, sais-tu bien qui est Alkhan ?

— Un menuisier qui n'a pas respecté le cahier des charges que je lui avais imposé.

— Un menuisier !

Denis lève les bras au ciel en tournant dans la pièce comme un forcené dans sa cellule capitonnée.

— Le patron de la plus importante entreprise de menuiserie entre Marseille et Nice, tu veux dire ! Une entreprise qui travaille sur les plus gros chantiers de la région. Qui fait quatre fois plus de chiffre d'affaires que n'importe qui dans le secteur. Mais surtout, Alexandre, qui peut nous casser quand elle le veut. Comme du petit bois. CRAC !

Dubreuil repose doucement son dossier. Il est tout à fait conscient qu'il a allumé une mèche qui va être difficile à éteindre. Mais l'attitude agressive et déplacée de celui qu'il appelle le « menuisier » ne peut que lui procurer dégoût et mépris.

— Je sais tout cela, Denis. Je sais ce qu'il représente, mais je refuse de me laisser traiter comme un vulgaire paillasson sur lequel on s'essuie à loisir.

Denis de Kergorlay s'appuie sur le bureau d'Alexandre et le regarde droit dans les yeux.

— Alexandre, j'ai fait un gros investissement sur ta personne en te proposant ce poste. Cela m'a coûté de l'argent et de l'énergie pour faire passer cette nomination au conseil d'administration. Jusque-là, je n'avais qu'à me féliciter de ta venue et de l'impulsion que tu as donnée à notre société. Mais là, tu as péché par ignorance, ou par imprudence, je ne sais. Mais ce que je sais, c'est qu'on va au-devant de graves emmerdes, qui ne pourront pas se régler en pleine lumière, si tu vois ce que je veux dire.

— Très honnêtement, non. Je ne vois pas…

— C'est bien ce que je pensais : tu as péché par ignorance. Dans ce cas, quand on ne sait pas, on demande.

Denis se recule légèrement pour s'asseoir sur l'accoudoir de l'un des fauteuils.

— Jean-Marie Alkhan a monté, il y a une vingtaine d'années, cette… « menuiserie », comme tu l'appelles, qui est rapidement devenue une des boîtes les plus prospères de la région PACA. Une des plus prospères, mais une des plus opaques également. Alkhan a le bras long, très long, jusque dans des recoins un peu sombres. Je vais te dire un truc qui va t'aider à comprendre : depuis qu'il a ouvert sa boutique, Alkhan n'a jamais eu un contrôle fiscal. Tu m'entends ? JAMAIS !

— Et alors ?

— Et alors ? Ben dis donc, tu devrais pourtant savoir de quoi je parle : n'importe quelle entreprise est contrôlée au moins une fois tous les dix ans, certaines beaucoup plus. Le problème, ici, est que personne, pas même l'État, n'a envie de se fâcher avec Alkhan. Excuse-moi de te le faire remarquer, mais tu ne connais pas encore bien les us et coutumes du coin, mon petit Alexandre. On n'est pas dans le joli bocage normand. Ici, tu brasses, tu t'enrichis. Mais tu évites de te mettre à dos certaines personnes dont tout le monde sait de quoi elles sont capables si on leur écrase un peu trop le bout des chaussures, mais que nul n'ira évidemment soupçonner de quelque écart de conduite possible. Tu vois mieux ce que je veux dire, là ?

— Denis, je veux bien admettre tout ça, mais enfin, on est en 2012, en France ! Pas au XIXe siècle, à l'ouest du Rio Grande. Il y a des lois, et…

— Mais bon Dieu de bon Dieu, Alexandre, c'est ce que j'essaie de t'expliquer à mots couverts depuis tout à l'heure, mais tu ne comprends pas ! Alors, on va passer à la version sous-titrée : Alkhan peut menacer ton intégrité mobilière, voire personnelle, dans la mesure où ce que tu lui reproches n'est pas fondé. Primo, il refusera de payer, et secundo, il ne se déplacera plus en personne pour une inauguration médiatisée, comme il l'a fait l'autre jour, mais t'enverra un soir deux ou trois de ses gars pour t'expliquer un peu mieux comment ça marche ici, sur la Côte. Et tu pourras invoquer les lois ou je ne sais quoi encore, personne ne t'écoutera.

— Et toi, tu cautionnes ça ?

— Je ne cautionne rien. C'est un fait, et je suis malheureusement trop insignifiant pour essayer de faire changer quoi que ce soit. Il faut faire avec, c'est tout. Je bosse avec Alkhan depuis une dizaine d'années parce que son entreprise fournit les meilleures prestations, tout simplement. Mais j'ai toujours scrupuleusement veillé à ce que tout soit bien bordé dans nos contrats, plus qu'avec quiconque. Et de fait, si j'évacue cet aspect trouble du personnage, je te l'accorde, Alkhan est un excellent professionnel qui ne m'a jamais fait défaut.

— À moi, si. La pose des placages n'était pas parfaite.

— C'est là que tu fais fausse route. Je n'ai personnellement rien trouvé à redire sur ces placages, et je connais quand même le métier depuis plus de trente ans. Mais le fond du problème est que tu devais m'en parler. On aurait examiné la question et je t'aurais évité de faire une grosse bêtise. Tu as purement et simplement annulé de façon unilatérale le contrat signé avec Alkhan et tu l'as remplacé, en cours de partie, par un autre prestataire qui n'a pas été, si tu veux mon avis, irréprochable. Ça n'était tout d'abord pas à toi de prendre ce genre de décision, mais à moi, dois-je te le rappeler. Mais le plus grave est que Alkhan a pris ça pour une offense personnelle. Tu as voulu en imposer à celui que tu qualifies un peu trop vite de « menuisier ». Et il t'a fait comprendre, à sa manière, qu'il était beaucoup plus que ça.

Dubreuil retire ses lunettes et se frotte les yeux. Il sait, au fond de lui, que ses vieux démons l'ont rattrapé, mais sa fierté lui interdit pour autant de reconnaître ouvertement sa faute. Il avait réussi son opération de séduction sur Denis, il doit tenter de se sortir de cette situation ubuesque sans trop s'abaisser, au risque de ternir l'estime en laquelle le tient le cousin de son père.

— Que veux-tu que je fasse ? Que j'aille m'excuser platement devant lui ? Il n'en est pas quest…

— Je t'en supplie, tu ne fais rien ! Tu en as déjà bien trop fait. Tu me laisses agir. J'ai appelé Alkhan : je l'ai invité à bouffer une bourride demain, à Cannes. Et là, je verrai comment les choses vont tourner. Mais je suis très inquiet, je te l'avoue. Pour toi, surtout…

L'interphone sonne à ce moment et Alexandre appuie nerveusement sur le bouton pour entrer en contact avec l'hôtesse d'accueil.

— Votre rendez-vous est arrivé, monsieur Dubreuil.

— OK, je la reçois dans deux minutes.

Denis se lève et regarde sévèrement son petit cousin.

— On s'est bien compris, Alexandre : tu ne bouges pas.

— J'ai très bien compris, souffle celui qui voit danser devant ses yeux l'image récurrente du petit garçon malhabile qu'on réprimande à tout bout de champ.

Il aimerait tant tuer cet enfant.

À la sortie du bureau, Denis de Kergorlay passe en trombe devant une jeune fille aux cheveux blonds coupés court, assise dans l'un des fauteuils du salon d'attente. L'hôtesse d'accueil pénètre alors à son tour dans le bureau du directeur des ventes et de la promotion, puis en ressort quelques secondes plus tard pour proposer à la jeune fille d'entrer.

Alexandre Dubreuil s'est redonné une contenance et regarde d'un œil assez désintéressé s'avancer celle qui lui a demandé un rendez-vous lors de cette fameuse journée d'inauguration. Il n'a alors pas voulu la recevoir. Il avait dû supporter la visite déplacée de Jean-Marie Alkhan et ne se sentait pas l'âme assez sereine pour étudier les propositions que venait lui faire cette personne. Il se dit qu'il aurait dû, finalement : de prime abord, elle est quand même plus avenante que ce gros lourdaud de menuisier. Fringuée comme l'as de pique, à l'évidence, beaucoup trop maquillée – voire un rien vulgaire, mais c'est une « artiste »... Il se dégage de son bureau et gagne l'espace salon en désignant l'un des deux fauteuils à sa visiteuse.

*
* *

Lucie Levars sirote un Martini blanc à l'ombre de la terrasse d'un bar, sur la corniche surplombant la Méditerranée. Elle est finalement assez contente de son après-midi, et de son entrevue avec le directeur des ventes et de la promotion de Provabat.

Elle a tout d'abord été un peu surprise par ce premier contact avec celui qu'elle redoutait de rencontrer, malgré son ardent désir de savoir enfin à quoi il ressemblait. Elle en a été presque déçue : elle aurait tant aimé le haïr ! Mais l'homme s'est montré charmant et prévenant, quoique un peu absent par moments, comme sujet à une intense fatigue. Elle a parfaitement noté les efforts discrets qu'il a développés pour rester au contact de ce qu'elle lui racontait et de ce qu'elle lui montrait : des projets de stands pour grandes surfaces, d'animations et de création de synergies commerciales, tout ce qu'elle avait potassé pendant des semaines grâce à la complicité – involontaire – de l'une de ses bonnes copines. Sa présentation avait été répétée, rodée, et n'a laissé quasiment pas de place à l'improvisation. Manifestement, Alexandre Dubreuil a eu l'air impressionné et intéressé, malgré les petites sautes d'attention qui l'ont un peu surprise, elle doit le reconnaître.

L'entrevue a duré trois quarts d'heure – trois quarts d'heure à l'issue desquels il a été convenu de se revoir. Dubreuil a serré chaleureusement la main de cette créatrice qui lui apportait peut-être un rayon de soleil dans l'orage qui grondait sur lui. Il a fixé longuement ces beaux yeux marron, un peu trop maquillés a-t-il été une fois de plus au regret de déplorer.

Abritée derrière ses lunettes de soleil, Lucie savoure pleinement cette fin d'après-midi et la réussite de la première partie de son plan.

Comme tout ce qu'elle entreprend, elle se donne à fond et ne lâche pas le morceau tant qu'elle ne maîtrise pas son sujet de A à Z. C'est l'une de ses grandes qualités, qui lui permet de viser haut et d'acquérir l'assurance intime qu'elle réussira ce qu'elle a engrené. Son projet est lourd et douloureux à porter, mais elle sait qu'elle le mènera à terme. Elle a, à ce moment, une petite pensée pour la pochette en cuir qu'elle trimbale toujours dans son sac à main, et qui la fait frissonner. Elle réalise, en même temps, qu'elle a correctement « ferré » le poisson et qu'il ne peut plus lui échapper. Elle a trois semaines pour peaufiner les détails de son piège.

Trois semaines au bout desquelles elle fermera définitivement cet horrible dossier et où elle pourra sereinement s'envoler vers d'autres horizons.

*

* *

Les petites rues de la vieille ville toulonnaise échappent progressivement à l'emprise du soleil de la fin d'après-midi. Une relative fraîcheur s'installe dans ces étroites artères, où les gens discutent sur les paliers de portes et sur les terrasses des cafés, qui commencent à se remplir. Lucie Levars apparaît dans l'encadrement de la porte de son hôtel. Fraîche et douchée, elle a troqué son tailleur jaune vif, qu'elle portait pour son rendez-vous chez Provabat, pour un jean et un débardeur tout simples, et des baskets basses. Après avoir hésité quelques secondes, elle choisit de partir en direction de la place Victor-Hugo en vue d'y passer un moment de détente à l'une des terrasses accueillantes.

Se sentant d'humeur flâneuse, elle marche d'un pas irrégulier, s'arrêtant au gré des vitrines croisées çà et là. Elle avise la première rue à droite et va pour s'y engager, quand elle découvre, à l'autre bout, un fourgon blanc sur lequel s'étale le logo bleu-blanc-rouge bien connu de toutes celles et de tous ceux qui n'ont rien à se reprocher… et des autres. Trois ou quatre fonctionnaires en uniforme arrêtent les passants pour, apparemment, un contrôle inopiné. Elle respire profondément et continue à avancer vers le véhicule barrant une partie de la rue, qui débouche sur une petite place triangulaire.

La voyant arriver à sa hauteur, l'un des policiers se décale du groupe, la hèle, puis lui demande sa carte d'identité. Lucie sort son portefeuille et produit docilement le carton plastifié. L'agent regarde le document, puis le visage de Lucie, son teint un peu pâle et ses cheveux blonds coupés court. Il lui rend sa carte avec une expression neutre et lui donne l'autorisation de continuer son chemin.

Lucie fait quelques pas, tout en se retournant discrètement pour observer les policiers poursuivre leur boulot de vérification. Instinctivement, elle pique dans le magasin qui se trouve immédiatement à sa gauche et se retrouve dans une boutique de produits exotiques aux senteurs orientales.

Elle soulève et examine négligemment des tissus chamarrés, des foulards de soie ou des boîtes de bâtonnets d'encens. Tout en faisant semblant de s'intéresser à ce qui est proposé sur les étagères, elle surveille par la vitrine le manège des policiers durant dix bonnes minutes.

L'endroit est assez fréquenté. Des jeunes déambulent, les mains dans les poches et l'air légèrement narquois devant les flics. Ceux-ci ne prêtent pourtant pas attention à eux et n'arrêtent que les filles qui passent. Lucie ne perd pas une miette de cette opération : aucun doute, c'est l'identité des petites demoiselles qui les intéresse, et uniquement elles. Aucune femme, aucun homme ni aucun garçon, seulement les filles entre… quinze et trente ans, à vue de nez. Ils les laissent toutes repartir pour se concentrer sur de nouvelles arrivantes. Ils jettent parfois des regards peu amènes aux jeunes gouailleurs qui se sont assis à quelques pas et semblent jouir du spectacle à l'aide de phrases qu'elle ne peut entendre de là où elle est. Manifestement, les flics se feraient un joli plaisir d'aller apprendre à vivre aux gamins rigolards, mais leur attention semble principalement tournée vers la gent féminine.

Lucie se fie énormément à son instinct. Et celui-ci lui dit de faire attention : c'est la quatrième fois en trois jours qu'elle se fait contrôler.

Chose bizarre, les flics semblent n'arrêter que les filles.

*

* *

Le soleil descend lentement sur la ville de Toulon et illumine d'un orange vif les collines calcaires qui surplombent la ville. Alexandre Dubreuil jette un œil torve à la décoration très succincte du séjour de son petit appartement, perché au-dessus des toits de la cité. Les perspectives offertes par Provabat lui ont permis de s'offrir ce petit luxe situé face à la grande bleue. Ne pouvant pas louer quelque chose de spacieux, il a préféré prendre plus petit, mais de qualité. Pas question d'habiter dans un quartier de « pouilleux », même pour une durée limitée. Là, il est entouré de voisins avec qui il partage les mêmes valeurs, a les mêmes repères, et il espère bien pouvoir intégrer le plus vite possible un cercle de fréquentations digne de sa condition. Il est alors secoué par un petit rire nerveux et saisit la bouteille de gin, déjà bien entamée, tout en dénouant sa cravate.

Sa condition ! Ce gros con d'Alkhan lui a malheureusement rappelé ce qu'elle est ici.

La nouvelle lampée d'alcool blanc brûle un peu plus la gorge d'Alexandre, qui repose le verre sur la table basse pour tenter de réfléchir sérieusement à son avenir le plus proche. Denis a malheureusement vu juste : Alkhan n'est absolument pas décidé à passer l'éponge sur l'affront qu'il lui a infligé lors de leur entrevue à l'inauguration du centre commercial. Il a même fait comprendre sans détour à Denis, l'autre jour, au restaurant, que si celui-ci voulait continuer à bénéficier des « bons services » d'Alkhan, il valait mieux qu'il se sépare de ce petit morveux prétentieux venu de Paris. Il a aussi ajouté qu'en cas de non-respect de ce « souhait », Denis de Kergorlay exposerait son entreprise à la perte d'un « fidèle client ».

Denis a eu toutes les peines du monde à trouver la force d'annoncer la nouvelle à son petit cousin.

Alexandre a immédiatement compris dans quelle nasse il venait de fourrer son protecteur. Il a pleinement saisi, à ce moment, le degré insoupçonné de dangerosité de certains milieux dans cette région, pourtant si accueillante en apparence. Il a enfin réalisé que la stabilité qu'il pensait avoir trouvée ici venait de prendre fin, et que la partie s'annonçait beaucoup plus difficile à jouer que quelques mois plus tôt.

Vautré sur son canapé en alcantara rouge, Dubreuil se sent d'un coup désemparé. Une bizarre et inédite impression d'être livré à lui-même et une incapacité totale à trouver un semblant de réponse à ses questionnements l'oppressent soudainement. La vue sur les toits de la ville et sur la rade luisant au soleil couchant n'apaise en rien la bouffée d'angoisse qui enfle en lui depuis quelques minutes. Il est face à son destin. Et celui-ci n'est pas bien reluisant.

Il avale cul sec le contenu du verre et se lève avec difficulté pour se diriger vers son petit frigo et en sortir quelques bretzels oubliés dans un bol. Il revient vers le centre du salon et attrape par le goulot la bouteille, qu'il finit de vider dans son verre.

Ses problèmes n'en finiront décidément pas. Du moins, pas ici, pas comme ça. Il a, par contre, vingt mille euros de cash en banque. Disponible immédiatement. Plus ce qu'il a dans une banque de Genève. Il songe alors à ses autos restées là-haut, en Normandie. L'Austin-Healey, la Type E et la TVR. Ses petits bijoux peuvent lui procurer assez rapidement de quoi se relancer. Il n'y a pas d'autre solution à sa survie. Et il conserve son Aston chérie ! Des gouttes de sueur se mettent à perler sur son front. L'air tiède du soir n'est que de piètre secours pour calmer la fièvre qui monte dans son crâne. À quoi vont ressembler ses nouvelles frontières, cette fois ?

Le soleil disparaît définitivement à l'horizon tandis que des odeurs de barbecue, accompagnées de rires bruyants, montent des jardins environnants.

Dans le petit cabinet de toilette contigu au séjour, Alexandre Dubreuil est secoué de spasmes violents et vomit le gin, avant de lâcher dans la souffrance toute la bile accumulée depuis ces sinistres derniers jours.

Quelque part entre Toulon et Paris, octobre 2012

Les gouttes de pluie zèbrent comme des nervures aérodynamiques la vitre du TGV Nice-Paris, qui file dans la vallée du Rhône.

Le regard de la jeune fille aux cheveux blonds coupés court se perd au loin dans la grisaille, vers le mont Ventoux, dont le sommet se nimbe d'une brume annonciatrice de mauvais jours. Son visage exempt de maquillage laisse apparaître de fines taches de rousseur et un teint plus lumineux que celui arboré ces dernières semaines. L'expression en est totalement neutre, mais les yeux trahissent une lassitude ainsi qu'une certaine tristesse.

Lucie Levars fixe un point au-delà de l'horizon, à travers la vitre, et rumine la même question qui la turlupine depuis trois jours : qu'a-t-il bien pu se passer et pourquoi a-t-il disparu ?

Alexandre Dubreuil avait sincèrement paru intéressé par ses créations… enfin, celles qu'elle s'était attribuées. Son projet d'événementiel sur les plateaux dominant la ville tenait la route. Elle lui avait expliqué sa démarche, destinée à « faire sortir l'action commerciale hors des frontières de la cité pour en accentuer le côté exceptionnel ». Dubreuil lui avait demandé d'affiner son projet, trouvant le concept trop vague et désirant mieux comprendre la finalité de cette opération. Tout ce qu'elle avait espéré ! Elle voulait attiser sa curiosité pour mieux l'inviter à venir juger de lui-même sur place. L'attirer sur ce plateau surplombant la Méditerranée, perdu au milieu des pins. Seule avec lui. C'était la fin de son plan. Tout devait se terminer là. Il n'y aurait plus eu alors qu'à trouver le courage d'ouvrir son sac et… Ce simple geste n'aurait pas été un problème pour elle : elle s'y était préparée psychologiquement depuis longtemps. Elle était prête.

Elle a attendu jusqu'au soir. Seule dans la fraîcheur relative et la senteur enivrante des conifères l'entourant. Sans âme qui vive à des kilomètres à la ronde. Elle ne pouvait pourtant pas trouver mieux comme scène pour le dénouement.

À la nuit tombante, elle s'est résolue à remonter dans sa voiture de location.

Seule.

Elle est interrompue dans ses pensées par le contrôleur, qui poinçonne son billet, puis qui continue ses vérifications. Elle mordille nerveusement l'ongle de son index et se rappelle ces journées qui ont suivi ce rendez-vous manqué.

Les coups de téléphone à Provabat, où on lui a juste indiqué que M. Dubreuil était actuellement absent. On l'a invitée à laisser un message qui lui serait transmis à son retour. Lucie a passé ainsi deux jours à errer dans les rues de Toulon, en composant de temps en temps le même numéro de téléphone. Et en se faisant, au passage, contrôler par les flics une nouvelle fois ! En fin d'après-midi du troisième jour, elle est partie se garer sur le parking de l'entreprise, puis a attendu que l'hôtesse d'accueil finisse son travail et quitte son poste. Elle a bien calculé son coup. Il fallait qu'elle ait l'air naturelle.

Son sac en bandoulière, elle a foncé d'un pas décidé vers cette fille et a manqué de la télescoper comme on le fait avec quelqu'un qu'on ne s'attend pas à revoir. Elle s'est excusée et lui a expliqué la raison de sa venue : elle devait voir M. Dubreuil de façon urgente. Elle lui avait confié un projet qu'il semblait approuver, et elle n'avait plus de nouvelles de lui. Il était vital pour elle de savoir à quoi s'en tenir sur ce projet, car elle y avait mis toute sa passion et son énergie. Son avenir tout entier en dépendait !

Elle a su se faire convaincante.

La fille a jeté un coup d'œil furtif vers les locaux de la société, puis a entraîné Lucie par le bras, derrière un mur où étaient garés quelques utilitaires frappés du logo de Provabat. Elle lui a conseillé d'oublier ses projets, ou bien d'essayer de les fourguer à quelqu'un d'autre. Elle n'en connaissait pas la raison, mais le patron avait fait vider le bureau du directeur des ventes et de la promotion, et il se murmurait que celui-ci ne serait peut-être pas remplacé. « Comme quoi, il n'était peut-être pas si indispensable que ça », s'est-elle permis d'ajouter avec un zeste de mépris.

Elle a planté là Lucie après une petite tape amicale sur l'épaule et a couru pour attraper son bus, qui s'est arrêté justement devant l'entrée de la société de construction Provabat.

La pluie cingle de plus en plus violemment la vitre du train et des larmes de colère montent aux beaux yeux bleu turquoise de Lucie.

*
* *

L'Audi TT immatriculée dans le Var s'arrête devant la pompe de la station essence, à l'entrée de Millau.

Alexandre Dubreuil en descend et entreprend de faire le plein du réservoir. Puis il passe à la petite boutique régler le carburant et acheter une ou deux saloperies chocolatées censées couper la faim. Il ressort dans la pénombre du soir, illuminée par la lumière crue des réverbères de la station, et avale en trois bouchées l'une de ces barres bien trop sucrées. Il sort ensuite un paquet rouge et blanc de sa poche de veston et allume une cigarette avec son beau briquet Cartier. Il constate que sa main tremble un peu.

Dubreuil fait quelques pas sous le soleil encore présent, mais qui ne va pas tarder à disparaître derrière les falaises calcaires dominant la cité du Rouergue. Il n'a rien laissé derrière lui, aucune adresse, aucune lettre, aucun message. Plus tard, quand tout se sera calmé, il reprendra contact avec Denis. Pour lui expliquer. Mais il perçoit aussitôt la vanité de cette tentative tardive de justification : Denis n'a pas besoin de ses explications. Il aura compris de lui-même. Il lui a presque suggéré, à mots couverts, de quitter la région, de s'éloigner de ceux qui ne plaisantent pas avec l'honneur, fût-il bien ou mal placé. Il lui a indiqué qu'il ne pouvait décemment pas entreprendre une procédure de licenciement administratif pour compression de personnel, qui le rendrait « repérable » par ceux qui voudraient le rattraper.

Il a donc ouvert son chéquier une fois de plus pour se dédouaner de cette séparation inévitable.

Alexandre Dubreuil part avec quelque monnaie au fond des poches, mais également avec la certitude que, où qu'il aille, « on » le retrouvera. Sauf… sauf s'il disparaît pour de bon.

C'est le plan qu'il a eu le temps de mûrir l'autre soir, avant de gerber dans la cuvette des chiottes comme un ivrogne de bas étage.

DEUXIÈME PARTIE

Giverny, septembre 2018

La petite rue qui borde la Fondation Monet grouille de monde en cette fin de bel après-midi ensoleillé. Les visiteurs du musée sortent par petites grappes de la dernière salle obligée, où l'on vend tout ce qui aide à maintenir à flot financièrement l'institution sise sur les bords de la Seine. Delphine et Frédéric Lacour débouchent ainsi à leur tour dans la rue bondée. Delphine est radieuse d'avoir enfin pu prendre le temps d'admirer la richesse des jardins et l'intérieur, simple mais élégant, de la maison du maître de l'impressionnisme. Frédéric semble un peu moins dithyrambique, regrettant surtout le trop-plein de touristes dans ce lieu où devrait, au contraire, régner le calme le plus apaisant.

— Je suis totalement d'accord avec toi, lui fait remarquer Delphine en lui prenant le bras. Si tu consentais à te lever plus tôt le week-end, on aurait visité peinards, ce matin, à l'ouverture !

— Putain… faire cinquante bornes pour venir voir des fleurs au milieu de Chinois et de Russes qui « selfisent » à tout va, c'est tout de même un peu déprimant !

— Je trouve au contraire qu'on a pu mieux en profiter qu'il y a quelques années. Les enfants n'avaient pas arrêté de tirer une tronche longue comme mon bras parce qu'on les privait d'un après-midi d'ordinateur.

— Ouais, admet Frédéric en levant les yeux au ciel. Je me demande finalement si je n'aurais pas été mieux avec ma guitare, moi. Mais… puisque tu y tenais…

— Oh, mais c'est un gentil mari, ça ! Il fait plaisir à sa petite femme, le gentil mari. Il fait de gros efforts, mon Freddy joli…

— Arrête, répond-il, mi-figue mi-raisin. Je vais avoir honte devant tous ces gens… Tiens, regarde là-bas, j'ai l'impression qu'il y a quelque chose qui va m'intéresser un peu plus que les nymphéas. Et comme tu es une adorable femme, tu vas m'y accompagner, n'est-ce pas ?

Le couple se dirige vers l'un des grands parkings, normalement remplis par la masse uniforme du parc automobile actuel, mais dont une partie est aujourd'hui exceptionnellement éclairée par un rassemblement de belles voitures anciennes.

— Ben… c'est nouveau, ça ! Je croyais que tu n'étais pas fana de bagnoles, s'exclame Delphine, un peu ahurie.

— Normalement non, mais on ne peut pas nier que ces caisses ont de la classe, dit-il en dégustant des yeux les lignes galbées des voitures garées au milieu de leurs propriétaires. Et puis, franchement, c'est plus excitant que des tulipes et des jacinthes. Hé, regarde, une Triumph Spitfire ! Mon oncle avait la même, quand j'étais tout môme, dans les années soixante-dix. Et celle-là, c'est quoi ?

Un homme d'une soixantaine d'années se retourne vers lui et lui offre avec entrain la réponse :

— Une Aston Martin DB4, cher monsieur !

— Magnifique, reconnaît Frédéric. Elle est à vous ? Euh… c'est ce modèle qu'il y avait dans les James Bond, non ?

— Ah non ! « James » roulait en DB5, lui. Modèle plus récent, apparu en 1963. Ma DB4 date de 1958, c'est une des toutes premières produites. Mais si vous voulez voir une belle DB5, allez là-bas, derrière les trois Austin-Healey – les bicolores. Vous en verrez un bel exemplaire. Elle appartient au président de notre club, François Dubreuil.

Jusque-là branchée en mode « veille », Delphine sursaute en entendant ce patronyme qu'elle a presque oublié.

— Excusez-moi, monsieur, dit-elle à l'adresse de l'homme. François Dubreuil… l'architecte d'Évreux ?

— Lui-même, mais ça fait un bon bout de temps qu'il n'a pas dessiné un plan, plaisante le propriétaire de l'Aston. Vous le connaissez ?

— Pas plus que ça… De nom, juste de nom. Il est connu dans la région, c'est pour ça. Merci, monsieur. On va effectivement aller voir cette Aston Martin. Tu viens, Frédéric ?

Delphine fait demi-tour et entraîne par la manche son mari, qui lui chuchote :

— Dubreuil ? Le paternel ?

— Écoute, j'envisage le risque de me tromper à 0,1 % maxi : un François Dubreuil, archi à Évreux, qui a les moyens de se pavaner en Aston Martin, ça m'étonnerait fort qu'il y en ait deux, tu vois ?

Frédéric Lacour s'arrête brusquement et retient sa femme par le bras. Il lui adresse un regard noir qui ne laisse pas de doute quant à ses sentiments.

— Delphine, ça fait cinq ans qu'on a bouclé cette affaire. Tu as fait ton deuil de Laura. Tout ça était trop lourd pour toi, ça te bouffait la rate, tu l'as reconnu toi-même. Petit à petit, je t'ai retrouvée comme je t'avais connue avant toute cette histoire : gaie et éclatante de vitalité. Et là, il te suffit d'entendre un nom, et pan ! T'es à nouveau dans les starting-blocks !

— Frédéric, j'ai laissé tomber parce que je m'essoufflais sur une piste qui ne menait nulle part. J'avais tout essayé pour entrer en relation avec Dubreuil ou quelqu'un de son clan, en vain. Les flics me traitaient de monomaniaque hystérique, la recherche de Laura n'a jamais rien donné, et les gens connaissant Martine et Patrick ne m'apportaient rien qui puisse m'orienter. Je suis même descendue à Toulon, rappelle-toi. Et je me suis retrouvée dans un cul-de-sac.

« Alors, oui, de guerre lasse, j'ai bien été obligée, un jour, de fermer le dossier. Et oui, j'ai décidé de tout faire pour retrouver un goût relativement normal à la vie. Mais, à l'inverse des autorités compétentes, je ne me suis jamais interdit de rouvrir ce foutu dossier si jamais je me trouvais en présence d'un nouvel indice qui puisse relancer toute la problématique. Et là, rends-toi compte, j'ai à deux pas de moi le père du mec qui a peut-être poussé Patrick à décoller pour de bon et à qui je n'ai jamais réussi à dire un seul mot. Et tu crois que je vais revenir tranquillement à notre voiture en pensant sereinement aux belles fleurs du jardin de M. Monet ?

Frédéric enfonce profondément ses mains dans les poches de son pantalon déjà informe et toise sa femme d'un air sarcastique.

— Et qu'est-ce que tu vas lui raconter, à M. Dubreuil ? Bonjour, monsieur, votre fils est un vilain bonhomme, vous savez ? Il se comportait comme un pas beau avec ses employés, et il leur a fait beaucoup de peine. C'est ça que tu vas lui dire ?

— Freddy, mon chéri joli, tu as énormément de qualités – sinon, je ne te supporterais plus depuis si longtemps –

, mais tu as un gros défaut : tu réduis souvent tout à sa plus simple expression et tu schématises comme un malade. Figure-toi que ça fait cinq ans que j'ai préparé ce que j'allais lui dire, au père Dubreuil, si par hasard nos chemins venaient à se croiser. Eh ben, voilà : on est au croisement !

Delphine fait alors volte-face et se dirige d'un pas décidé vers les trois cabriolets bicolores indiqués par l'homme à l'Aston Martin, suivie par son mari, qui bougonne entre ses dents.

— Si je viens avec toi, c'est uniquement pour te protéger en cas de baston !

— Au lieu de faire de l'humour de comédie à deux balles, tu ferais mieux de me dire à quoi ça ressemble, une Aston Martin DB5 !

— Euh… il me semble que la blanche, là-bas, c'est une DB5. D'ailleurs, c'est la seule de son genre dans le secteur.

Delphine ralentit le pas et dévisage discrètement les personnes groupées autour de la belle carrosserie. Un homme de belle prestance, à la moustache finement taillée, discute avec un autre, appuyé sur l'aile avant de la voiture. Il a de l'assurance et parle à voix relativement haute. Delphine ne sait pas pourquoi, mais elle est sûre de se trouver enfin face à François Dubreuil. Elle attend patiemment que les deux hommes marquent une pause dans leur conversation et s'avance doucement vers celui à la fine moustache blanche.

— Monsieur Dubreuil ? Excusez-moi de vous importuner…

— Ah, chère madame, vous faites erreur, répond-il, légèrement surpris. Vous voulez sans doute parler à l'heureux propriétaire de cette superbe automobile ? Il est là, à l'arrière, à moitié enfoui dans son coffre.

Il se retourne en appelant d'une voix plus forte :

— François ? Vous avez de la visite, mon cher.

Un septuagénaire de taille moyenne apparaît au-dessus du toit de la belle anglaise et dévisage Delphine d'un air interrogateur. Il s'approche lentement tout en maintenant son regard dans celui de Delphine. Un regard où perce une légère méfiance, abrité derrière de minuscules lunettes rectangulaires sans monture. L'homme est mince, presque maigre, son visage fin et allongé dégageant une indéniable distinction. Il est vêtu sobrement, avec une chemise blanche toute simple aux manches retroussées à mi-bras et rentrée dans un pantalon prince de Galles gris perle. Il tient dans les mains une peau de chamois et s'avance vers Delphine. D'une voix assez atone, il laisse fuser un « Madame ? » légèrement condescendant.

Delphine lui sert son plus beau sourire et lui tend la main.

— Monsieur Dubreuil ? Delphine Lacour.

Dubreuil serre mollement la main tendue et retire la sienne très vite.

— Voilà, j'ai travaillé en tant que décoratrice avec l'agence de votre fils Alexandre, voici quelques années, et je lui ai alors prêté deux livres d'art…

— Des livres ? C'était quoi, comme livres ?

— Un livre sur l'architecture à Vienne en 1900, et un autre sur Roy Lichtenstein.

— Hum, eh bien ?

— Eh bien… il en avait besoin pour étudier des décors concernant un projet sur lequel nous travaillions ensemble. Mais depuis que son agence a fermé, je n'ai plus aucune nouvelle de lui. Et surtout aucun moyen de renouer le contact. C'étaient de fort beaux livres, rares, et je vous avoue que j'aimerais beaucoup les récupérer. Vous savez certainement où je peux le joindre...

— Je vais vous décevoir, madame, mais je n'en ai pas la moindre idée moi-même.

— Vous voulez dire que vous ne savez pas où se trouve votre fils ?

— Pas plus que vous, répond-il.

Il se détourne de son interlocutrice pour passer un petit coup rapide de peau de chamois sur la prise d'air moteur du capot avant de sa DB5.

Delphine comprend immédiatement que François Dubreuil n'a qu'une envie très limitée de discuter de son fiston avec une inconnue qui l'aborde au pied levé. Normal. Elle se dit également qu'elle n'a rien à perdre, et surtout qu'elle n'en a rien à taper de ce que pourrait penser d'elle ce type froid et assez méprisant de prime abord.

— Pardonnez-moi d'insister, mais ces livres ont une importance énorme pour moi. J'aimerais vraiment pouvoir rentrer en contact avec Alexandre...

— Vous voulez que je fasse quoi ? lui assène-t-il avec morgue en délaissant, pour un instant, la rutilance de la carrosserie. Je ne suis pas responsable des affaires de mon fils. Je suis désolé pour vous si ces livres ne sont pas en votre possession, mais qu'y puis-je ?

— Me donner un moyen de contacter votre fils. J'ai tout essayé, en vain. J'ai même su qu'il était parti un moment sur la Côte d'Azur, mais qu'il n'y séjournait plus depuis longtemps.

— Eh bien, voilà, vous m'avez l'air d'en savoir beaucoup plus que vous ne voulez le laisser entendre. Vous n'avez qu'à chercher de ce côté-là.

Delphine se plante carrément devant Dubreuil.

— Monsieur Dubreuil, je ne peux pas croire que vous n'ayez aucune idée de l'endroit, même approximatif, où se trouve votre fils. Il y a quelques années, votre second fils a au moins eu le courage de me dire au téléphone qu'il était en mauvais termes avec son frère et que c'était la raison pour laquelle il ne pouvait pas m'aider.

François Dubreuil regarde à son tour Delphine. Sa mine exprime le dégoût feint que les offusqués affectent lorsque le vent leur amène de mauvaises odeurs qui leur soulèvent le cœur.

— Madame, cette conversation devient désagréable. Je suis venu ici pour mon plaisir, et non pour entendre je ne sais quelles récriminations ne me concernant en rien. Je vous souhaite le bonjour, madame.

L'ex-architecte tourne alors les talons et repart à l'arrière de l'Aston pour plonger de nouveau dans son coffre, en pensant certainement donner le temps à cette fouille-merde de quitter définitivement l'endroit.

Dans leur Espace décrépit commençant à accuser son âge, Delphine et Frédéric roulent sur l'A13 en direction de Paris. Elle n'a pas desserré les dents depuis leur départ de Giverny, et lui meurt d'envie de s'arrêter en griller une petite, histoire de faire retomber la tension qui s'est instaurée entre eux depuis l'entrevue avec François Dubreuil. Quelques kilomètres plus loin, il bifurque sur une aire d'autoroute et arrête son véhicule.

Il descend, allume une cigarette et souffle lentement la fumée vers le ciel. Puis il contourne le monospace et se dirige vers la portière passager, dont la vitre est baissée. Delphine fixe un point imaginaire devant elle et son visage est impassible, hormis quelques petits tremblements nerveux à la base de la mâchoire.

Frédéric aspire une nouvelle bouffée.

— Tu attendais quoi, au juste ?

— Je sais pas, articule-t-elle après quelques secondes de silence. J'ai tellement voulu questionner ces gens, il y a cinq ans, que mon sang n'a fait qu'un tour quand j'ai entendu le nom. Je pensais simplement qu'il serait un tout petit peu plus coopératif. Je me suis trompée.

Sa main gauche passe au-dessus de la portière et se saisit de la cigarette de son mari.

— Attends, je t'en donne une, si tu veux...

— Non, je ne veux plus fumer. Je veux juste m'apaiser.

Elle tire deux taffes, tousse légèrement et rend la cigarette à Frédéric.

— Beuh, c'est dégueulasse ! Je me suis trompée, mais en même temps, je suis informée sur son attitude : je ne pense pas qu'il ignore totalement où se trouve son fils. Je pense surtout qu'il veut le protéger, même si on peut admettre qu'il n'approuve pas sa conduite. En fait, j'ai réactivé le plan mis en sommeil voilà cinq ans : établir le contact. Et qui plus est, dans un domaine précis qui me permettra peut-être de remonter jusqu'à Alexandre : les belles bagnoles.

— Les bagnoles ?

— Parfaitement. J'ai assez fouillé leur histoire au travers des différents témoignages recueillis pour en être sûre : ces gens ont une passion commune et dévorante pour les belles autos anciennes. J'en avais pas mal discuté avec Bastien Delvaux, l'ancien pote garagiste de Patrick : les fanas de voiture ont, pour leurs belles de métal, un amour souvent dévorant qui leur fait oublier le reste. Y compris leur femme, parfois ! Ils leur consacrent le maximum de temps libre, ce que faisait d'ailleurs Dubreuil – le fils ! – quand il était à la tête de sa boîte à Paris. Et même plus que le temps libre, si on se réfère à ce que m'a dit Delvaux, ou même Anne-Laure de Guermesan à ce sujet. Et je suis certaine qu'Alexandre Dubreuil réapparaîtra dans ce milieu, où qu'il soit. C'est plus fort qu'eux, à ces gens-là, c'est dans leur ADN. Ils ne peuvent pas s'en passer.

— Mais ça, tu le savais avant.

— Je le savais, mais je n'y avais pas apporté l'attention qu'il fallait. Tu connais mon amour et mes connaissances pointues en automobile, hein ? J'ai dû évacuer inconsciemment ce côté du problème parce que ça ne me parlait pas.

— Et là, ça te dit quoi ?

— Pas mieux. Mais je vais faire ce qu'il faut pour fouiller dans ce domaine. Je vais recontacter Delvaux, en espérant qu'il soit toujours dans son garage à Meudon, et lui demander des tuyaux. Peut-être rencontrer des gens du milieu, des hommes qui ont vu l'homme qui a vu l'homme qui a vu Dubreuil. Je pense que j'ai une chance non négligeable de retrouver mon lascar via les voitures anciennes et les manifs qui tournent autour d'elles. Comme ce rallye qui a fait halte à Giverny, par exemple.

— La chasse est rouverte, alors ?

— Fred, je te l'ai dit. Je ne peux pas dormir tranquille si je ne fais pas tout ce qui est en mon pouvoir pour retrouver ce type. Je pensais l'avoir fait, et… oui, j'ai admis que j'étais en règle avec moi-même. Mais là, une nouvelle piste s'ouvre soudain. Impossible pour moi de ne pas la suivre.

Elle ouvre alors la portière et descend face à son mari, contre qui elle se serre le plus fort qu'elle le peut.

— Je suis sereine, Freddy. Et je me sens regonflée d'un coup d'un seul. Je serai disponible pour toi, je te le jure. Mais je veux simplement coincer ce bonhomme. C'est un coup de pouce du destin, je ne peux pas laisser passer ça.

Elle approche alors son visage et entrouvre ses lèvres, qu'elle pose délicatement sur celles de son mari.

*
* *

Martel, septembre 2018

En cette fin d'après-midi, la place principale de la bourgade lotoise, entourant la belle halle aux piliers de pierre, est encore imprégnée de la chaleur de la journée. Le mois de septembre est habituellement très agréable dans la région, après les fortes chaleurs de juillet et d'août. Mais cette année, les températures affichées donnent l'impression qu'on est revenu en plein cœur de l'été. Ce qui n'est pas pour déplaire à Antoine Bressac, même s'il entend dire que les agriculteurs du coin se plaignent de la sécheresse, qui assèche les petits cours d'eau. « De toute façon, quand c'est pas ça, c'est autre chose », se dit Bressac en s'attablant à la terrasse d'un café, sur le côté ombragé de la place. « Il faut toujours qu'ils râlent, ils ne sont jamais contents. » Et lui, alors : il aurait bien de quoi râler en ce moment !

Il allume une cigarette, puis sort de son attaché-case un magazine, qu'il entreprend de feuilleter sans grande conviction, quand le garçon arrive vers lui.

— Bonjour, monsieur Bressac. Qu'est-ce qui vous ferait plaisir ? Un petit gin-tonic ?

— Euh… oui, mais j'attends quelqu'un. Revenez tout à l'heure.

Le garçon se retire et Bressac se replonge dans sa lecture durant quelques petites minutes.

— Je suis en peu en retard, excusez-moi.

Antoine Bressac sursaute légèrement en entendant la voix cristalline de Lydie Grondin au-dessus de lui. Elle est vêtue d'une adorable robe légère de couleur menthe à l'eau, parsemée de motifs géométriques blancs, et coiffée d'un large chapeau de paille, qu'elle pose délicatement sur la table. Il referme aussitôt son magazine, qu'il range dans son attaché-case.

— Je vous ai dérangé dans votre lecture, dit-elle en minaudant légèrement. C'est une revue de voitures, c'est ça ?

— Hein ? Euh… oui. Il m'arrive d'acheter ce genre de magazine de temps en temps.

— C'est marrant comme on est catégorisés : les filles lisent des magazines de mode ou de psychologie. Les hommes, c'est les voitures. Vous êtes amateur de voitures puissantes, monsieur Bressac ? dit-elle d'un ton enjoué.

— Non… Enfin, si, mais vous savez, je me contente de rêver. Comme tout le monde. Mais je préfère la classe à la puissance. Et vous, votre rêve, c'est quoi ? dit-il avec son éternel sourire lumineux.

— Mon rêve ? Eh bien, vous entrez là sur un territoire un peu… privé, si je puis dire, réplique-t-elle alors que le garçon revient à la charge. Qu'est-ce que je prendrai ? Euh, un Perrier-tranche.

— Eh bien, moi aussi, un Perrier-tranche, renchérit l'agent immobilier.

— On oublie le gin-tonic, finalement ? ajoute le serveur benoîtement, interloqué.

— Oui ! Un Perrier-tranche, coupe sèchement Bressac en écrasant sa cigarette, à moitié consumée, dans le cendrier tout en fusillant du regard le garçon stupéfié.

Lydie secoue négligemment ses beaux cheveux auburn avec ses mains et offre à Antoine le loisir de se perdre dans l'azur de son regard en avançant très légèrement son visage vers le sien.

— Moi, je reste au Perrier-tranche. Il fait trop chaud ! Mais prenez un gin-tonic si ça vous fait envie.

— Non, non, je ne sais pas ce qu'il lui prend, à cet imbécile.

— Peut-être parce qu'il s'étonne de votre choix. Vous avez l'air contrarié. Quelque chose qui ne va pas ?

— Non, non... tout va bien. Surtout dans un moment calme comme celui-ci, avec vous, sur cette jolie place.

— Vous mentez mal, monsieur Bressac. Je sens l'humeur des gens. Et la vôtre me semble un peu grisâtre à ce moment précis. Je me trompe ?

Antoine Bressac jette un petit coup d'œil à la ronde, comme pour s'assurer qu'il ne sera pas entendu.

— Vous êtes perspicace, vous lisez en moi. Eh bien, oui : il se trouve que j'ai effectivement quelques petites contrariétés, en ce moment, au niveau de mon agence.

— Vous m'avez dit, au contraire, que tout tournait comme vous vouliez...

— Je...

Le garçon dépose les deux Perrier sur la table, ainsi qu'une petite soucoupe de cacahuètes. Bressac attend qu'il se soit éloigné pour reprendre sur un ton assez bas.

— Oui, pas de problème. Tout tourne bien en règle générale, malgré une conjoncture qui n'est pas des plus fameuses. Je me suis positionné sur un créneau haut de gamme, qui ne connaît pas la crise dès lors qu'on fait bien son travail.

— Et… j'imagine que vous faites bien votre travail.

— Moi, oui… enfin, j'ai la faiblesse de le penser. Mais certains, en sous-main, s'attachent à saper ce que je fais. Et ça, j'avoue que ça me contrarie énormément.

— C'est-à-dire ?

— Eh bien… vous vous rappelez lorsque je vous ai parlé de cette sublime maison que j'étais sur le point de vendre à des Anglais, au printemps ? Tout se passait comme dans un rêve, ils sont revenus plusieurs fois pour la revoir, et comparer avec d'autres biens naturellement. Mais honnêtement, il n'y avait pas photo : ce qu'on leur faisait visiter ailleurs n'avait ni le charme ni la classe de ce que je leur proposais. L'été a passé, et ils étaient toujours intéressés. Mais ils prenaient leur temps. Une maison de cette ampleur, ça ne s'achète pas comme un pavillon Kaufman & Broad, si vous voyez ce que je veux dire.

— Je ne sais pas, je n'ai jamais acheté de pavillon Kaufman & Broad.

— Vous le prenez sur le ton de la plaisanterie. Ah ! j'aimerais pouvoir réagir comme vous, mais c'est impossible, dit-il en soufflant, puis en piochant allègrement dans la soucoupe de cacahuètes.

— Excusez-moi, je ne voulais pas me montrer narquoise. Donc, qu'est-il arrivé à cette maison ?

— À la maison, rien. Elle est toujours dans mon agence, et c'est bien ça qui me mine.

— Les Anglais ne se sont toujours pas décidés ?

— Ils ont purement annulé toute transaction avec moi ! Je me retrouve avec cette demeure qu'il sera difficile de vendre à l'entrée de l'automne. Je ne parle même pas de l'hiver. Bref, je vous prie de croire que c'est un gros coup dur pour moi.

— Vous parliez de sape de votre travail. À quel niveau le problème se situe-t-il ? dit-elle de façon détachée en aspirant les bulles à travers la paille.

— Mon acheteur m'a clairement dit que j'avais crié sur tous les toits que j'allais conclure la vente avec un couple d'Anglais, explique-t-il en ponctuant sa phrase d'un petit rire nerveux. Ce qui est archifaux, bien entendu. Et complètement invraisemblable : j'avais l'exclu sur cette maison, vous pensez ! Mais le fait est là. J'ai questionné mes confrères : ils étaient au courant de l'identité des Stanley, et même du prix auquel la transaction se ferait ! Vous imaginez le scandale : non seulement je perds mon acheteur que j'ai mis des mois à apprivoiser – et je ne vous parle pas de l'hôtel et du restaurant payés à Meyronne à chaque fois –, mais je me retrouve, en plus, à stocker une maison énorme pour la deuxième année consécutive. Et pour finir, je suis la risée du pays au niveau professionnel ! Comme je ne suis pas assez stupide pour torpiller un an de travail, j'ai l'intime conviction que quelqu'un l'a fait pour moi.

Lydie se cale dans son fauteuil en alu et regarde d'un air soucieux cet homme qui, il y a encore peu, affichait à chaque rencontre une incroyable assurance tous risques. Il allume une deuxième cigarette avec nervosité.

— L'intime conviction ? Vous avez des preuves ?

— Mes confrères ont été informés du montant de la transaction et de l'identité des acheteurs par un mail anonyme ! La fuite a donc eu lieu dans mon entourage proche. Et il est assez restreint. Je ne vous fais pas un dessin.

— Un de vos employés ?

— Je ne vois, hélas, pas d'autre hypothèse. Mon vendeur, ou bien ma secrétaire. Lui, pour être honnête, je l'imagine mal faire un pareil coup tordu. Je lui fais miroiter, depuis quelque temps, une possible association, car j'estime qu'il travaille remarquablement bien. Et je n'arrive pas à voir où serait son intérêt dans le torpillage d'une agence qui peut le faire progresser. C'est un type bien, bosseur, efficace. Non, je n'y crois pas.

— Vous pensez donc à… elle ?

— À qui d'autre devrais-je penser ? Je crois surtout que j'aurais dû m'en séparer pendant sa période d'essai. Mais j'avais trop la tête dans le guidon à ce moment-là et je n'ai pas bien estimé sa valeur au travail. Qui n'est pas élevée ! Elle fait des bourdes, elle oublie de noter des rendez-vous, elle ne comprend jamais rien et c'est une pipelette de première. Malheureusement pour moi, je l'ai engagée ferme, car j'avais vraiment besoin de quelqu'un à ce poste. Et la licencier maintenant me coûterait un œil. Sauf si je peux prouver la faute professionnelle. Ce que je vais m'attacher à faire.

— Difficile, effectivement, de l'accuser si vous n'avez pas de preuves.

— Je trouverai. Écoutez, c'est pas compliqué : elle assemble et construit tous les dossiers, elle est donc au courant de tout. Qui, à part elle, peut laisser fuiter l'identité d'un acheteur, les clauses de la vente et le montant exact de la transaction ?

— Vous m'en avez parlé.

— Oui, mais de façon très générale et volontairement floue. Vous ne saviez rien de précis, fort heureusement ! Il n'y a pas de mal à dire qu'on est sur le point de faire une belle vente. Si on révèle le prix et le nom de l'acheteur, là oui, il y a gros problème ! Voilà… vous savez tout de mes ennuis. Je vous avoue que je suis un peu las en ce moment, et c'est pour ça que ce genre d'éclaircie avec vous me fait un peu oublier mes emmerdements.

— Sauf que je vous oblige à en parler, je suis désolée. En même temps, je vous comprends : une employée, c'est fait pour effectuer son travail du mieux possible. Et j'imagine que ça ne doit pas être facile tous les jours d'avoir à gérer des gens qui ne donnent pas tout ce qu'ils devraient dans leur travail.

— Le problème ne se situe pas véritablement à ce niveau. Le bon manager doit avoir l'habitude de gérer son personnel. C'est l'essence même de sa fonction. Mais il doit aussi savoir faire preuve de clairvoyance dans le choix de ceux à qui il accorde sa confiance. Je devrais plutôt dire « celle » dans ce cas précis. Et c'est là que je m'en veux : je n'ai pas su voir que j'avais affaire à une petite dinde plus soucieuse de son maquillage que de son travail.

— Elle est peut-être dinde, mais pas malhabile, puisqu'elle « aurait » réussi à faire sortir discrètement ces données de votre cabinet. Comment allez-vous la prendre en défaut ?

— Ça ne va pas être très long, croyez-moi. J'ai un excellent ami qui possède une entreprise de vidéosurveillance à Bordeaux et qui m'a concocté un petit bijou de technologie dans l'agence. Je surveille ses moindres faits et gestes toute la journée. Avec possibilité d'analyser en détail des images d'une qualité stupéfiante. J'ai également fait procéder à l'analyse du disque dur de son ordinateur. Sans succès, malheureusement. Elle se sera évidemment débrouillée pour poster ces saloperies depuis un ordi perso ou appartenant à un proche.

— Dites donc, c'est pas très légal, d'espionner les gens…

— Et saborder l'entreprise qu'on est censé contribuer à faire avancer, c'est légal, à votre avis ?

— Non, évidemment non. Vous avez raison sur le fond. Il ne faudrait pas que ça se sache, tout simplement.

— Ne vous en faites pas pour ça, tout reste sous contrôle. Et puis la légalité, vous savez ! Du moment que vous arrivez à faire valoir vos droits… Enfin, je m'entends : tout en restant dans certaines limites. On n'est pas à l'ouest du Rio Grande ici, ajoute-t-il, légèrement confus, tout en raclant les dernières cacahuètes de la soucoupe.

— Bien sûr, fait-elle en aspirant avec la paille les dernières gouttes de son Perrier.

Antoine Bressac agite un billet de dix euros à l'adresse du garçon et retrouve soudainement son beau visage enjoué, illuminé par son grand sourire.

— Bon, alors, vous m'avez parlé d'un endroit magnifique que je devrais connaître. On y va quand ? Là, maintenant ?

— Non, pas maintenant. J'ai une tonne de linge en retard à repasser.

— Oh, mais vous êtes une véritable esclave de vos tâches ménagères, mademoiselle Grondin !

— Il faut bien que quelqu'un le fasse, monsieur Bressac. Vous n'avez pas de linge à repasser chez vous ?

— Je suis, hélas, trop occupé pour ça. Et puis je dois vous avouer que je n'ai aucune compétence dans le maniement du fer à repasser, dit-il dans un rire sonnant un peu faux.

— C'est pas très compliqué, vous savez. Je pourrai vous apprendre si vous vous montrez intéressé, dit-elle doucement.

Manifestement peu à son aise, Bressac se racle la gorge et s'empare d'une nouvelle cigarette.

— Pourquoi pas ? Ça pourrait être une nouvelle expérience... enrichissante. Alors, à quand cette découverte ?

— Disons... vendredi en fin d'après-midi, ça vous irait ?

— Vendredi... oui, vers les 18 h 30. Je fermerai l'agence un peu plus tôt. Vous m'emmenez ?

— Non, venez plutôt me prendre chez moi. Ma pauvre Twingo est vraiment crado à l'intérieur ! Votre voiture est tellement plus confortable.

— Oh, vous savez, ça ne me gênerait pas. Je suis quelqu'un de simple, moi. Mais puisque vous préférez, nous irons donc avec ma voiture.

Antoine et Lydie se lèvent de concert et se serrent la main longuement, chacun essayant de deviner, dans l'éclat des yeux de l'autre, quelle voie excitante va prendre leur relation, déjà bien amorcée dans les jours proches.

Antoine s'éloigne d'un pas léger et primesautier, dégustant la fumée de sa cigarette dans la douceur du soir naissant.

Lydie regagne sa Twingo d'une foulée vive. Elle jette son sac sur le siège passager, tourne la clé de contact et agrippe le haut de son volant, tout en tendant ses bras au maximum et en fixant un point invisible droit devant elle.

— Une nouvelle expérience enrichissante ! siffle-t-elle.

Elle démarre brutalement et fait craquer la boîte en enclenchant le deuxième rapport.

Asnières, septembre 2018

C'est sous un chaud soleil, rappelant celui du mois de juillet, que Delphine Lacour trouve enfin une place libre, dans une petite rue longeant la gare d'Asnières, après avoir tourné un bon quart d'heure au volant de sa Fiat. Avant de s'éloigner, elle vérifie qu'elle est bien garée : elle est bien décidée à faire mentir le proverbe qui veut que « jamais deux… ».

Elle emprunte un passage souterrain, sous la gare, et se retrouve dans une jolie rue piétonne animée. Elle avise l'immeuble de style fin XIXe, en face d'elle, et sonne à l'interphone. La porte s'ouvre et l'ascenseur l'emmène au cinquième étage, où Jean-Denis Lartigaud la reçoit dans son appartement surplombant les voies ferrées.

Le séjour est vaste et grandement éclairé par deux hautes portes-fenêtres, par lesquelles la vue s'étend au-delà du réseau ferroviaire jusqu'à la tour Eiffel, tout au loin. Jean-Denis désigne à Delphine un grand canapé en cuir brun foncé tandis qu'il s'assied en face, dans un fauteuil de la même matière. Il baisse, d'un coup de télécommande, le volume de la chaîne audio, qui diffuse une musique rock-jazzy élégante que Delphine identifie instantanément :

— *Babylon Sisters*, Steely Dan. Excellent choix, fait-elle en s'asseyant.

— Vous aimez ?

— J'adore ! Ce qui n'est, hélas, pas le cas de mon mari. Il trouve ça « trop maniéré ».

— Ça l'est… si on veut, mais de tellement belle façon, répond l'homme avenant de prime abord, au physique assez méditerranéen, cheveux noir corbeau et regard de braise.

Il porte une barbe de trois jours et un fin tour de cou couleur émeraude passé sous une chemise blanche. Il dévisage discrètement sa visiteuse d'un œil connaisseur et amateur des belles choses, ce qui n'est pas pour déplaire à Delphine. Elle n'est pas de ces femmes qui s'offusquent d'un regard intéressé. Du moment qu'on reste calme et qu'on s'abstient de tomber dans le grivois, naturellement. Delphine se dit qu'elle a de la chance qu'on la reluque et que, le jour où ça ne lui arrivera plus, là oui, elle pourra se faire du souci ! Elle profite encore quelques secondes des chœurs ouatés du morceau, et c'est Jean-Denis Lartigaud qui brise la glace :

— Madame Lacour, si je vous reçois, c'est pour trois raisons : je ne fais plus partie depuis quelques années du cabinet Robineau qui s'occupait de la comptabilité de Buzz Events – ce qui me dédouane d'un certain secret professionnel –, j'avais de la sympathie pour Patrick Ercolani, et je n'en avais guère pour Alexandre Dubreuil.

— Ça a au moins le mérite d'être clair.

— N'est-ce pas ? Et donc, vous, vous étiez une amie de Patrick Ercolani, si j'ai bien tout compris ?

— De sa femme, surtout. Lui, je l'ai en fait peu connu dans ses « bons jours ». Il était déjà correctement mis sous pression par son job et commençait sérieusement à partir en vrille. Et puis il y a eu ce drame atroce, que je n'arrive pas à classer dans les « dégâts de la vie ». Je suis persuadée que son boss a tellement exigé de lui qu'il n'a vu que cette échappatoire pour tirer définitivement un trait sur tous ses emmerdements. J'ai accumulé suffisamment de témoignages et de présomptions pour essayer de tenter quelque chose.

— Vous comptez faire quoi ?

— Je pense sérieusement à une action en justice, j'en ai déjà parlé à un avocat. Je veux le faire pour Laura, leur fille. Et pour leur mémoire, à eux. Et contre ce type, que je pressens de plus en plus comme un mec vraiment nocif. Mais tout le problème est là : il faudrait d'abord le retrouver. Il a disparu dans la nature depuis belle lurette et, pour corser le tout, Laura également.

Jean-Denis Lartigaud inspire bien fort en haussant les épaules.

— Parfois, vous rencontrez des gens que vous pouvez qualifier de « belles personnes ». Dubreuil n'en faisait vraiment pas partie. Et je pèse mes mots.

— Comment sa société a-t-elle été amenée à la faillite ?

— Oh ! c'est malheureusement simple : Dubreuil était tout sauf un gestionnaire digne de ce nom. Il aimait la grande vie, il aimait l'argent et il en voulait toujours plus. Hélas, pas toujours au bénéfice de son entreprise.

— Il a détourné des fonds ?

— Pas au début, et ce, pour deux raisons : il n'était pas malhonnête par essence, et ensuite il en aurait été tout bonnement incapable techniquement parlant. Il est juste devenu un chouïa malhonnête par la suite pour tenter de sauver sa peau, et là, il s'est un peu fait aider. La boîte marchait correctement au début des années 2000, principalement grâce au carnet d'adresses que le père Dubreuil refilait gentiment à son fiston. Notre cabinet d'expertise comptable vérifiait les comptes, mais ne s'occupait pas de gestion. En tant que comptable affecté à ce dossier, je me devais de l'avertir des dangers de telle ou telle opération, c'est tout. Et c'est ce que j'ai fait en 2007, lorsqu'il m'a parlé un jour d'un placement juteux que lui proposait un de ses cousins soi-disant courtier. Un placement unique concernant une très grosse somme d'argent. C'était l'époque où le CAC 40 flirtait avec les sommets dépourvus d'oxygène, au terme d'une ascension vertigineuse, et où certains pensaient faire la super affaire qui triplerait la mise en quelques jours. J'ai simplement averti M. Dubreuil sur le réel danger de mettre tous ses œufs dans le même panier, mais surtout de « jouer au casino » avec l'argent de son entreprise. Le sien, OK, mais pas celui de la boutique.

« C'était un conseil que je lui donnais en tant que professionnel, pas un ordre, je ne me serais pas permis. C'est à ce moment précis que j'ai découvert un aspect déplaisant de sa personnalité que j'ignorais. Il m'a carrément rétorqué que c'était là son travail, et que le mien était de vérifier les comptes et de m'abstenir de donner mon avis sur quelque chose qui ne me concernait pas. Ha ! je peux vous dire que j'en suis resté muet de stupeur. J'ai vu, ce jour-là, la condescendance, la morgue de ces possédants autistes qui s'imaginent régner en maîtres absolus sur leurs « gens » comme au bon vieux temps de la noblesse.

— Vous avez donc obtempéré ?

— À votre avis ? C'était mon client et, en un sens, il n'avait pas tout à fait tort quant à mon rôle officiel. Mais un client normal aurait écouté le conseil ; il aurait pesé le pour et le contre. Lui m'a renvoyé dans mes buts avec cette suffisance qui vous fait sèchement comprendre qu'on n'a pas gardé les vaches ensemble ! Il me semble que j'ai répondu un truc un peu ironique, du genre :

« Comme il plaira à monsieur. » Je crois d'ailleurs qu'il a saisi l'allusion dans mon ton au regard noir qu'il m'a balancé. Et donc, par la suite, j'ai continué docilement à faire… mon travail. En 2008 est arrivé le krach mondial, et là, bam ! Tous ses jolis placements se sont cassé magistralement la gueule ! Et les ennuis ont commencé.

— Ennuis financiers, je suppose…

— Naturellement. Qui entraînent alors tout le reste : pertes de budgets, licenciements, etc. Ce que j'avais malheureusement prévu est arrivé : Dubreuil a bu un méga bouillon avec ces placements irresponsables et n'avait plus de réserves pour se refaire. Là où la machine roulait autrefois confortablement grâce au soutien du papa et à l'insouciance des clients, l'attelage avançait à présent en grinçant et en cliquetant. Et il a fallu se relever les manches et bosser dur ! Et ça, Dubreuil en était incapable. Ses compétences ont très vite atteint leurs limites et la panique lui a fait perdre les pédales. Il a commencé par virer plus du tiers de son personnel, puis a demandé à Patrick Ercolani de mettre les bouchées doubles pour ramener de nouveaux clients. Et c'est vers cette époque que je me suis aperçu de virements douteux en direction de ses propres comptes.

« Son fameux cousin, le courtier qui l'avait si bien tuyauté sur les placements prometteurs, lui a, en quelque sorte, fait un descriptif cynique, quoique assez réaliste, de la situation : la boîte courait inévitablement à sa perte, puisque son « incapable de directeur commercial » n'était pas foutu de faire rentrer de nouveaux marchés. Si Dubreuil voulait éviter une déroute personnelle, il fallait pomper dans les réserves de Buzz Events tout ce qu'il était raisonnablement possible de prendre pour se refaire ailleurs et attendre le dépôt de bilan. En tant que gérant, il serait évidemment soumis à une interdiction de gestion, mais il se tirerait du guêpier avec de quoi trouver une nouvelle solution en attendant que les choses se tassent. Et c'est ce qu'il a fait.

— Vous n'avez rien dit ?

— Encore une fois, je n'étais qu'un prestataire. J'ai donc officiellement fermé ma gueule, tout en informant mon patron du naufrage annoncé. Quelque temps après la mort d'Ercolani, j'ai appelé Anne-Laure de Guermesan pour lui raconter en « off » tout ce que je savais.

— Elle ne s'en est pourtant pas servi pour essayer de coincer Dubreuil.

— Je crois que ce n'était pas son genre d'aller intenter des actions en justice, et elle avait déjà pris une nouvelle voie. Comme les autres, elle avait envie de redémarrer et d'oublier cette fin calamiteuse.

— Il y a eu trois morts, quand même !

— Ben oui, mais ça, il faut le leur dire. C'est elles qui étaient dans la boutique, pas moi. J'ai juste fait ce que ma conscience me dictait de faire.

— Et ces malversations, ça consistait en quoi ?

— Ce n'étaient pas des malversations à proprement parler, sinon il aurait été attaquable. Il se faisait juste rembourser par Buzz Events des frais personnels liés à ses réceptions ou à ses bagnoles en prétextant que ça concernait l'image de la boîte et que, en conséquence, ça entrait dans la colonne des frais professionnels. De plus, j'étais sceptique sur certaines factures, mais bon… Seul un contrôle fiscal peut, dans ces cas-là, décider si, oui ou non, la dépense est appropriée. Tout ce qu'on pouvait dire, c'est qu'il était manifeste que ça ne l'était pas, mais personne n'était censé le savoir. Sauf moi, mais là on entre dans la délation anonyme, et franchement, c'est pas le genre de la maison en ce qui me concerne. Ensuite, une fois Buzz Events au tapis, il était trop tard.

— Vous savez ce qu'il est devenu ?

— Non, je suis passé à autre chose. Il faut dire que cette histoire nous a aussi coûté, au cabinet : non seulement on s'est assis sur nos honoraires facturés à Buzz Events, mais dans la foulée – et comme par hasard ! — on a perdu la clientèle de M. Dubreuil père. Robineau a dû à son tour faire des coupes sombres dans son personnel et j'ai fait partie de la charrette, étant l'un des derniers arrivés. Bon, je ne me plains pas trop : j'ai très vite retrouvé une place dans un cabinet tout près de chez moi, à Courbevoie, où je travaille toujours et où je me sens bien. Au fait, on cause, on cause... vous voulez boire quelque chose ?

— Non, merci, c'est gentil. Vous ignorez donc qu'il a passé un certain temps sur la Côte d'Azur ?

— Ah, totalement ! Il s'y faisait bronzer la conscience tranquille ?

— Je ne crois pas. J'ai mis du temps à le savoir, mais j'ai fini par reconstituer à peu près son parcours. Il a été engagé par une entreprise du bâtiment, dans laquelle il a officié quelque temps en tant que directeur des ventes et de la promotion.

— Tiens donc ! Il a décidé de voir de près de quoi il retournait dans ce boulot ?

— Possible... Tout ce que je sais est que sa carrière là-bas a été météorique : il a dû grimper très vite, car il a rapidement organisé des événements assez médiatisés pour des clients de l'entreprise – il est même passé aux infos de 13 heures pour l'un d'eux. Lorsque j'ai réussi à joindre l'entreprise en question, il avait déjà quitté les lieux !

— Pour où ?

— Je l'ignore. C'est bien ce qui me fait râler : je piste ce type à la trace et, quand j'arrive à le localiser, il est déjà parti ! Tout ce que j'ai pu apprendre est qu'il a quitté la région de façon apparemment précipitée. Il y a donc dû avoir un os dans son business, car le poste était visiblement enviable et les gens que j'ai pu interroger ne se sont guère montrés loquaces sur leur ancien directeur des ventes. J'ai par contre appris que le patron de l'entreprise en question n'est autre qu'un cousin de François Dubreuil, le père.

— Décidément, ils ont des cousins sympas dans la famille !

— N'est-ce pas ? Alexandre Dubreuil a-t-il fait, là encore, des malversations financières ? Je l'ignore...

— Ou bien s'est-il fait virer ? Je vous l'ai dit : je l'ai assez côtoyé pour affirmer que ce gars n'a aucune autre réelle compétence professionnelle que celle d'avoir de bons étais pour le soutenir : son père ici, son « grand-cousin » là-bas, à ce que vous me dites. Mais dès qu'il y a un problème, les engrenages se grippent vite. Il a pour lui également d'avoir une petite fortune personnelle, suffisante pour pouvoir se retourner sans trop souffrir. Cette notion de souffrance étant toute relative concernant notre zozo : descendre d'un petit cran de sa condition de nanti arrogant est déjà un déchirement ! Vous en êtes donc arrivée là : la Côte d'Azur, et puis... wouf ! À nouveau disparu, le Dubreuil ?

— C'est à peu près ça.

Lorsqu'elle reprend le passage sous la gare en sens inverse, Delphine reconnaît qu'elle vient d'enrichir le dossier Dubreuil de données nouvelles, mais qu'elle ne connaît pas suffisamment Lartigaud pour lui confier ce que lui a dit l'hôtesse d'accueil de Provabat qu'elle est allée voir exprès, d'un coup de TGV, il y a quelques années.

Une drôle de fille était venue à plusieurs reprises voir M. Dubreuil pour lui proposer ses services de créatrice-designer dans le domaine du stand. Elle était du genre tenace, car l'autre avait reporté leurs rendez-vous à plusieurs reprises. Mais elle était toujours là ! D'après l'hôtesse, elle impressionnait par son regard, qui dénotait une détermination extrême. Elle avait passé plusieurs heures à patienter dans la salle d'attente, jusqu'à ce qu'il consente à la recevoir un jour. Ce qu'elle lui avait montré avait finalement eu l'air de lui plaire, car ils s'étaient revus et, lorsqu'ils s'étaient quittés la dernière fois, ils s'étaient longuement serré la main en parlant d'un rendez-vous convenu un soir prochain. L'hôtesse en avait discrètement déduit que ce devait être d'ordre privé, car M. Dubreuil ne l'avait pas fait inscrire dans son agenda. Et c'est deux jours plus tard qu'il avait disparu.

La créatrice postulante était revenue deux ou trois fois. À la voir rôder à l'autre bout du parking, comme quelqu'un qui cherche une ouverture pour pénétrer dans un endroit clos, c'était manifeste que quelque chose l'empêchait de franchement entrer dans l'entreprise. Elle avait fini par aborder l'hôtesse à la sortie de son travail, en prétextant que ce boulot était vital pour elle, qu'il fallait absolument qu'elle rencontre M. Dubreuil.

Elle avait paru extrêmement désemparée d'apprendre qu'il avait quitté la région sans laisser d'adresse.

Delphine a alors questionné l'hôtesse sur l'aspect physique de cette fille. À la description fournie, et surtout au nom énoncé, Delphine a compris qu'elle faisait fausse route.

Quelques jours après son rendez-vous à Asnières, Delphine reçoit un coup de fil de Bastien Delvaux. Il lui conseille vivement de prendre contact avec l'un de ses amis, photographe spécialisé dans l'automobile ancienne. Celui-ci lui a parlé d'une curieuse rencontre faite deux semaines auparavant, sur un circuit dans le sud de l'Angleterre.

Linas, septembre 2018

Delphine Lacour immobilise sa Fiat à l'entrée du tunnel passant sous l'autodrome de Montlhéry. Au vigile qui s'approche de sa fenêtre, elle explique qu'elle a rendez-vous avec Christian Lorenzi, qui travaille sur le circuit en ce moment et qui a dû laisser des instructions pour qu'elle puisse pénétrer dans l'enceinte. L'homme opine de la tête et lui fait signe de passer.

Elle s'engouffre lentement sous l'impressionnant anneau relevé, au moment même où retentit un bruit d'enfer qui fait trembler toute la vieille structure autour d'elle. Surprise et intimidée par ce coup de tonnerre, Delphine serre son volant entre ses mains et accélère pour sortir de cet oppressant tunnel. Elle émerge à l'air libre, dans un vaste espace bordé de barrières en métal à la peinture écaillée, et gare sa petite auto au milieu d'autres. Lorsqu'elle ouvre la portière et pose le pied par terre, le grondement terrifiant enfle à nouveau et éclate soudainement à sa gauche.

Un roadster bleu à bandes blanches dévale, dans un lourd rugissement, la muraille constituée par le célèbre anneau de Montlhéry pour rejoindre la zone des stands, dans un bruit décroissant qui s'interrompt d'un coup.

Delphine découvre enfin ce lieu qu'on lui a vanté comme mythique pour tous les passionnés de sports mécaniques en France et se hasarde vers cet endroit qui accueille les voitures de compétition pour leurs arrêts. À sa gauche, la tour de chronométrage blanche domine la piste. À sa droite, les stands déroulent leurs box vides. L'un d'eux est néanmoins occupé par quelques caisses à outils et du matériel. Devant, vient de s'arrêter le roadster bleu, duquel descend un pilote casqué en combinaison blanche. Quatre personnes entourent la voiture, dont les ailes enflées et les gros pneus projettent une image agressive, même à l'immobilité complète. Une odeur de chaud et de carburant brûlé agresse les narines de Delphine. L'un des quatre hommes présents tient en main un énorme appareil photo et, lorsqu'il la voit s'avancer timidement, lui fait de grands signes pour qu'elle les rejoigne.

Il exécute un rapide crochet par la margelle des stands pour y déposer son boîtier numérique dans une valise ouverte, puis l'accueille avec chaleur.

— Bonjour. Christian Lorenzi. Merci d'être venue jusqu'ici. Comme je vous l'ai dit, je suis en charrette totale en ce moment avec le bouclage qui arrive et ce reportage qui vient bien trop tard, et je n'aurais pas pu vous recevoir chez moi ou au journal. Et puis, comme ça, ça vous fait découvrir Montlhéry, puisque vous m'avez dit que vous n'étiez jamais venue ici.

— Non, je ne suis pas spécialement intéressée par les voitures, sauf en ce qui concerne le sujet qui m'amène. Mais celle-là, dit-elle en désignant le roadster avec une légère crainte dans les yeux, elle est réellement impressionnante. C'est quoi ?

— Une AC Cobra. Une des voitures de sport les plus sauvages qui ait été produite. C'est la bête de course par excellence, et un réel vertige pour son pilote. Celle-ci est une 427, le modèle le plus extrême. On fait un essai pour le prochain numéro du magazine. Comme il est midi, on est obligés de respecter la pause imposée par l'autodrome à cause des riverains. On sera donc plus à l'aise pour discuter. Venez, il y a le bar du circuit là-bas.

Christian Lorenzi prend son matériel photo et entraîne Delphine à l'autre bout des stands, vers une petite annexe très « années soixante », aux baies vitrées entourées de métal peint en blanc. Ils pénètrent dans le bar, décoré de souvenirs de courses, et s'assoient à une table accolée aux vitres. Lorenzi se lève pour aller chercher deux cafés au bar et revient s'installer face à Delphine.

— Bastien m'a parlé de vous l'autre jour. De votre quête un peu désespérée pour retrouver ce type que vous estimez être moralement responsable de la mort de votre ami et de sa famille. Il m'a dit que vous l'aviez rappelé après des années de silence parce que vous aviez acquis la conviction que vous pouviez le retrouver par le biais du milieu de la voiture ancienne. Et donc, il me parle de ce Dubreuil, qu'il ne connaît pas personnellement.

Delphine touille son café depuis une bonne minute et ne lâche pas du regard ce photographe aux petites lunettes rondes et à l'accent légèrement chantant, venant de quelque part dans le grand Sud-Ouest.

— Là, je lui dis : « Écoute, non seulement Dubreuil, ça me dit quelque chose, mais je vais t'en raconter une bien bonne. » J'étais à Goodwood, au début du mois, pour le Revival…

— Le quoi ?

— Pardon, c'est vrai que vous m'avez dit être totalement étrangère à ce milieu. Goodwood, c'est un circuit au sud de l'Angleterre, sur lequel se tient chaque année une des manifestations phares mondiales de la compétition en historique, le Goodwood Revival. Beaucoup de grands pilotes d'autrefois s'y retrouvent et courent sur des modèles prestigieux – quand ils ont encore l'âge de le faire ! Vous avez aussi beaucoup de *gentlemen drivers* qui viennent du monde entier et ne louperaient pour rien au monde la grand-messe de l'historique. Sur trois jours, il y a plus de deux cent mille spectateurs recensés ! Les gens jouent le jeu en étant habillés comme dans les années cinquante ou soixante, il y a des motos, des avions anciens... Bref, c'est carrément gratin, et il est bon d'y être vu quand on est amateur de belles mécaniques. Moi, j'y vais pour le journal, je fais mes photos, et je croise invariablement plein de gens que j'ai rencontrés çà et là sur les circuits depuis vingt ans. Je ne vais pas faire le charlot en vous disant que je connais tout le monde, mais j'en connais pas mal. Et là, assis sur l'aile d'une Jaguar Type C, je reconnais Alexandre Dubreuil.

— D'après ce que j'ai pu comprendre, il est pilote amateur.

— Oui, oh... *très* amateur. Entre nous, c'est pas un missile, hein ! Lui s'imagine pilote. En réalité, il conduit. Mais comme il possède pas mal de connaissances dans le milieu des riches propriétaires anglais, il arrive toujours à partager le volant dans des courses sport avec quelque pilote de renom qui veut bien l'accepter comme équipier d'un jour.

— Vous le connaissez bien ?

— Non, pas plus que ça. Bonjour, bonsoir, parce qu'on se croise fréquemment et que je lui ai vendu quelques photos à une époque. Mais je sais qui il est. Forcément, je connais un peu plus les Français que les autres. Donc, il est là, parfaitement à l'aise, à discuter le bout de gras avec des gens autour de lui, dont un type nommé Alan Dawson, qui fait partie des bons pilotes britanniques en historique. Je me dis, logiquement, qu'ils doivent faire équipe, puisqu'ils sont tous les deux en combinaison vintage, avec le casque à leur côté, assis sur la bagnole. Je fais donc quelques photos, histoire de.

— Vous les avez avec vous ?

— Eh bé, naturellement. Je vous aurais pas fait faire tout ce chemin pour des prunes, tout de même !

Il sort d'une sacoche un dossier en carton, en extrait quelques tirages et en propose un à Delphine. Elle contemple une prise de vue de belle qualité d'un joyeux groupe réuni autour d'une splendide Jaguar vert bouteille. Il y a là deux femmes superbement habillées de robes à pois très *fifties*, coiffées de larges chapeaux et au maquillage très glamour. Les hommes autour d'elles sont radieux dans leurs costumes en tweed ou en pied-de-poule, et semblent profiter à fond d'une belle journée. Deux pilotes sont assis sur l'aile de la voiture : un que Delphine ne connaît pas – elle en déduit qu'il doit s'agir de Dawson –, et l'autre en qui elle reconnaît l'ancien directeur de Buzz Events, qu'elle a vu, il y a quelques années, en photo sur un site Internet consacré à un événement se déroulant à Lyons-la-Forêt. Quelques kilos en plus, si ses souvenirs sont bons, mais toujours le même sourire étincelant découvrant deux belles rangées de dents impeccablement alignées. Elle rend la photo à Lorenzi.

— Oui, c'est effectivement lui.

— C'est ce que je croyais, moi aussi. Et maintenant, regardez ça, dit-il en lui tendant un autre cliché.

C'est un plan serré sur une partie d'une aile de voiture de course. Vert bouteille. « Probablement la Jaguar », pense-t-elle. On y voit des stickers attestant de la participation de l'auto à différentes courses, collés à côté de deux noms peints, chacun suivi d'un groupe sanguin.

— Regardez celle-là aussi. Vous avez une vue plus générale. J'ai tourné autour de la voiture pour avoir dans l'objectif l'aile ainsi que les deux pilotes de trois quarts dos.

Delphine situe mieux la topographie de la scène, mais le mystère reste entier. Elle tend la photo à Christian Lorenzi en le regardant, un peu désorientée.

— Je suppose que ce sont les noms des pilotes qui vont conduire la voiture. Et j'imagine qu'on inscrit leur groupe sanguin en cas d'accident.

— C'est tout à fait ça.

— Donc, Dubreuil ne pilotait pas cette voiture.

— C'est ce que, vous, vous pourriez penser. Et c'est ce que j'ai pensé avant vous. Je n'ai pas été voir Dubreuil. Un, il était en grande conversation avec une des femmes qui se pavanaient là, et deux, pour être franc, je n'avais en fait pas grand-chose à lui dire, à ce mec. Là-dessus, je vais en salle de presse, où je retrouve un pote journaliste, à qui je pique le programme. J'épluche le plateau des « Sport 1953-59 », celle où les Type C sont inscrites : pas de Dubreuil engagé ! Ah, là, punaise, ça commence à m'énerver, cette histoire. Il est pas en combinaison pour juste poser pour la photo et faire le beau. C'est pas son genre, au loustic ! Du coup, je retourne à l'endroit des stands où est parquée la Jaguar avec les autres « sport », mais plus personne n'est là autour de la voiture. La course étant prévue dans la demi-heure, j'en conclus qu'ils doivent être partis au briefing des pilotes. Deux mécaniciens travaillent par contre sur une roue arrière, dont un qui a l'âge d'avoir connu ces mêmes bagnoles lorsqu'elles tournaient dans leur prime jeunesse. Je leur demande qui est le pilote qui fera la course avec Dawson. Et là, le vieux me regarde comme si je tombais de la planète Mars et me dit :

« *Dubreuil, of course.* » Comme je lui fais remarquer que c'est pas ce qui est peint sur la carrosserie, il me lâche, tout en continuant de serrer les boulons avec sa clé dynamométrique : *« The guy acts like the big stars : he's now racing with his mother's family name ! »* « Ce type fait comme les grands : il court maintenant sous le nom de sa mère ! » Sur le coup, ça m'a un peu fait rigoler, vu le niveau de pilotage du bonhomme, mais ça continuait de m'intriguer, cette affaire. C'est un des pilotes français présents là-bas qui m'en a ensuite parlé, le soir, lors d'un dîner dans un pub de Chichester, en me disant que ce gars avait monté une affaire dans le sud de la France.

Martel, septembre 2018

La Talisman gris métal dévale les lacets de la départementale qui quitte Martel pour descendre vers la Dordogne. Antoine Bressac conduit vite et avale ses virages comme il le ferait avec une voiture de sport. Mais la lourde berline accuse son poids et rend l'exercice un peu pénible pour sa passagère.

Lydie Grondin serre la poignée de la portière de sa main droite tandis que la gauche triture nerveusement les plis de sa belle robe légère couleur taupe, à ceinture et col blancs. Elle fixe la route droit devant elle tout en jetant quelques coups d'œil inquiets à son chauffeur d'un jour. Elle respire profondément et pose doucement sa main sur celle d'Antoine, restée accrochée au levier de vitesses.

— Nous ne sommes pas pressés, murmure-t-elle. Et la bifurcation sur la droite arrive très bientôt.

Antoine Bressac se tourne vers elle et son sourire s'élargit. Son pied droit relâche la pression sur l'accélérateur et la Talisman adopte une allure beaucoup plus sénatoriale.

Lydie lui indique du doigt la petite route sur la droite, à moitié dissimulée dans la verdure.

— C'est là.

La Renault descend doucement vers les maisons abandonnées pour se garer à proximité. Lydie et Antoine sortent de l'habitacle, dans l'atmosphère douce et paisible de cet endroit protégé des regards.

Elle le guide à travers les herbes, vers la vasque, qui se dévoile soudain à lui dans toute sa splendeur. Il demeure un instant muet d'admiration à la vue de cette haute falaise tombant dans cette eau turquoise. Seul le vrombissement léger de quelques insectes butinant les fleurs vient perturber le silence qui habille la solitude de l'endroit. Lydie déambule lentement au bord de l'eau, en effleurant de sa main gauche quelques hautes graminées alors que sa main droite serre contre sa taille sa pochette contenant ses petites affaires. Elle observe en souriant Antoine qui, les mains dans les poches, va et vient le long de la berge en regardant avec curiosité la brèche dans le roc où émerge la rivière souterraine.

— Alors, c'est ici qu'elle ressort, la rivière de Padirac ? Dire que ça fait trois ans que je me suis installé dans la région et que j'ignorais totalement l'existence de ce lieu. C'est sublime !

— N'est-ce pas ? La vasque atteint une profondeur de plus de trente mètres pour s'enfoncer sous terre. Et même si elle paraît douce en surface, la température de l'eau dégringole très vite jusqu'à 12 °C.

— Brrr ! Même en plein été, ça doit être sacrément frais !

— Vous savez, beaucoup de gens ignorent l'existence de cette fontaine Saint-Georges. J'ai rencontré des locaux qui n'avaient aucune idée de l'endroit où ressortait la rivière souterraine du gouffre de Padirac. Alors, quand on vient d'ailleurs, rien d'étonnant.

Elle s'approche doucement d'Antoine Bressac, jusqu'à ne plus être qu'à quelques centimètres de lui. Elle sent l'odeur de son eau de toilette lui monter aux narines et frissonne légèrement malgré la température toujours élevée en cette fin d'après-midi. Elle incline la tête sur le côté et le regarde avec ses petits yeux rieurs, qui mettent encore plus en valeur son incroyable regard couleur de l'eau de la fontaine Saint-Georges.

— Depuis qu'on se connaît, vous m'avez souvent demandé d'où je venais, ce que je faisais avant. Et vous, Antoine Bressac, d'où venez-vous ?

— D'où je viens ?

Bressac laisse passer un long silence tout en soutenant le regard puissant de cette fille resplendissante, à la beauté qui le laisse pantois à chaque fois qu'il la voit. Il esquisse un petit sourire en coin.

— Cela va peut-être vous surprendre : je suis originaire de cette région. Par ma famille. J'ai pas mal bourlingué, j'ai eu des hauts... et quelques bas aussi. Mais je crois à la valeur du travail. Et je suis venu ici pour un nouveau départ, qui s'est concrétisé en une belle aventure. Et j'en suis fier.

— Vous faisiez quoi avant ?

— Je... ne suis pas sûr que ce soit très enthousiasmant. Moi-même, j'ai décidé de tirer un trait sur un passé qui ne m'intéresse plus et que je trouve ennuyeux. Je suis bien plus en harmonie avec mes aspirations intimes ici que dans tous les lieux où j'ai séjourné auparavant.

— Vous n'étiez pas satisfait de votre parcours ?

— C'est un peu ça. La vie est une perpétuelle quête. J'ai mis longtemps à trouver ce pour quoi j'étais réellement fait.

— Et maintenant, vous êtes en pleine réalisation de vous-même...

— Je pense que c'est une bonne formulation.

Antoine Bressac remarque alors les minuscules picots qui parsèment les épaules et les bras de Lydie.

— Vous avez froid ? dit-il soudain en lui caressant la peau.

— Non. Non… je suis juste… bien.

Les mains remontent le long des bras de la jeune fille, jusqu'au bas de ses épaules. Antoine raffermit sa pression et attire Lydie doucement contre lui. Elle lève son visage vers le sien et ferme les yeux.

Leur étreinte dure quelques longues secondes. Bressac sent les courbes du bas du dos se dessiner délicieusement sous ses doigts, à travers la fine étoffe, et une brusque bouffée de chaleur électrise son corps. Lydie concentre toute son attention sur le bruit lointain des voitures circulant sur la départementale, au-dessus d'eux, et essaie d'oublier ce contact dur qu'elle sent brusquement au niveau de son ventre.

Elle éloigne délicatement ses lèvres de celles d'Antoine, qui lui caresse tendrement la joue comme on le ferait avec une petite fille. C'est la première fois, depuis des années, qu'il éprouve une pareille émotion lors du premier baiser. Du jour où il l'a vue entrer dans son agence, il a su que cette beauté était comme une « envoyée spéciale » dans sa retraite quercynoise.

— Lydie, vous êtes ensorcelante. Vous êtes… la lumière dans ma nuit.

— Ne dites pas de bêtises. Vous ne vivez pas dans la nuit. Vous vivez dans une région lumineuse et votre affaire est resplendissante.

— Non. Ce pays est magnifique, mais moi, je vis dans l'ombre. Je travaille, je travaille et je travaille encore. Je n'ai rien à côté.

— *All work and no play makes Jack a dull boy*, ponctue-t-elle avec un petit sourire malicieux.

Bressac se recule légèrement en esquissant une légère grimace.

— Qu'est-ce que c'est que ça ?

— C'est James Howell, un écrivain britannique du XVIIe siècle, qui a écrit ça : un proverbe qui veut dire, en gros, que travailler sans plaisir en dehors rend les gens moroses. Vous ne connaissez pas ?

Lydie se détache doucement des bras d'Antoine et laisse glisser sa main de la sienne tout en maintenant son merveilleux regard bleu rivé sur ses yeux. Elle pense, à ce moment précis, que ce proverbe est également utilisé dans *Shining* par Jack Torrance pour remplir ses feuilles dactylographiées, qu'il entasse dans une boîte au fil de ses après-midi passés devant sa machine à écrire, dans l'immense hall d'accueil de l'hôtel Overlook.

Lydie se retourne en laissant virevolter sa robe et fait mine de reprendre le chemin du retour. Antoine la rattrape par le bras et l'attire contre lui. Elle place son bras entre son torse et sa poitrine, et gratte négligemment, du bout de son ongle, la belle chemise vert pâle de l'agent immobilier.

— Il ne faut pas trop exiger la première fois, susurre-t-elle. Et je vous rappelle que nous n'avons pas toute la soirée pour nous, malheureusement.

— Je n'exige rien, Lydie, mais je ne peux plus attendre. Il faut qu'on se revoie. Quand ?

— L'attente fait partie du désir, cher impatient, réplique-t-elle d'un petit air faussement moralisateur.

Deux « plouf » secs retentissent soudain dans l'eau immobile, et des bruits de branchages écrasés proviennent de l'autre côté de la vasque en même temps que des rires d'enfants qui s'éloignent. Lydie semble une fraction de seconde désarçonnée par cette interruption, mais retrouve très vite son sourire enjôleur.

— Et voilà ! Notre rencontre a déjà ses premiers témoins.

Bressac jette un regard noir vers l'endroit où ont disparu les gamins et prend doucement le bras de Lydie.

— Venez, je vous ramène.

Lydie Grondin descend de la Talisman, arrêtée devant sa petite maison, tandis qu'Antoine Bressac lui tient la portière ouverte. Il saisit doucement la taille de la jeune fille, qui se dégage habilement d'un léger mouvement sur le côté.

— Bonne nuit, monsieur Bressac, dit-elle en posant un doigt sur la bouche qui s'avançait déjà pour aller cueillir ses lèvres purpurines. Et… merci pour ce merveilleux moment.

— Ce moment peut se renouveler dès que vous le désirerez, belle Lydie, laisse-t-il tomber d'un ton puisant dans les ressorts classiques de la séduction.

Elle lui offre une dernière œillade lumineuse et s'éloigne vers le petit portillon en fer qui ouvre sur le jardinet entourant la maisonnette. Bressac la regarde un instant onduler, dans la pénombre de la nuit qui commence à tomber sur le causse, et se résout à remonter dans sa grosse berline. Tandis qu'il enclenche la première, il voit, dans son rétroviseur, la fine silhouette disparaître dans l'embrasure de la porte. Il accélère franchement et sort une cigarette du paquet rangé dans l'accoudoir central. Il allume l'autoradio, qui se met à diffuser un vague air de musique d'ascenseur, et pianote joyeusement de ses doigts sur le cercle en cuir du volant.

Lydie referme à clé la porte d'entrée et jette sa pochette sur le canapé du petit salon. Elle se précipite dans le cabinet de toilette et se cramponne au lavabo, haletante. Elle relève la tête et voit dans la glace un visage blême où transpirent l'horreur et le dégoût. Un haut-le-cœur la surprend et la fait se vider avec force dans la cuvette émaillée. Elle parvient à calmer sa respiration anarchique et se laisse glisser sur le lino. Elle passe sa main sur la peau humide de sueur de son cou et ferme les yeux. Longtemps.

Le vertige s'estompe petit à petit et les sueurs s'apaisent. Elle se relève péniblement et entreprend de nettoyer la cuvette souillée à grands jets d'eau.

Ses mains tremblantes se saisissent de la brosse à dents et du dentifrice.

*

* *

Le soleil de l'est illumine le bureau directorial de l'agence AB Estate. En chemise blanche ouverte sur un foulard ras-de-cou, pieds sur le bureau, Antoine Bressac est seul, Noémie ne travaillant pas le samedi matin.

Il lui a pourtant proposé de lui payer des heures supplémentaires pour qu'elle vienne en plus de sa semaine, mais cette idiote lui a rétorqué qu'elle n'avait justement que le week-end pour s'occuper d'elle et de son petit ami. Cela a déclenché, chez l'agent immobilier, une acrimonie certaine vis-à-vis de sa secrétaire, qu'il considère de plus en plus comme une « fonctionnaire privée ». Privée surtout d'ambition et de désir de s'élever, oui ! Puis il y a eu l'entrevue de l'autre soir, après le rendez-vous avec les Praudel – qui n'arrivent toujours pas à se décider dans le choix de leur maison : quelle plaie, ces deux-là ! – et qui a été assez tendue.

Noémie est restée assise au bord du fauteuil, les genoux serrés et les yeux rivés sur la moquette. Elle répétait mécaniquement qu'elle n'avait jamais divulgué quoi que ce soit à qui que ce soit, et qu'elle n'avait même pas osé imaginer une seule seconde se livrer à une faute aussi grave. Elle paraissait outrée qu'on puisse la soupçonner d'une telle forfaiture, mais Bressac est demeuré inflexible. Il savait certains employés très doués pour les simagrées, et essayait de contenir sa rage, qui augmentait d'autant plus qu'il s'apercevait qu'il ne possédait aucune prise sur cette situation aberrante. Noémie n'était pas capable de fournir le moindre début de défense ou d'alibi, et il ne pouvait décemment pas l'accuser d'une faute pour laquelle il ne détenait pas la plus petite once de preuve.

L'entrevue s'est terminée comme elle avait commencé, sur un quiproquo total et une inimitié désormais manifeste entre les deux parties. Bressac en est arrivé à souhaiter que sa secrétaire trouve un travail ailleurs, ce qui lui permettrait de s'en débarrasser à moindres frais. Mais ailleurs, c'était vite vu dans ce pays où il y a plus de moutons que d'habitants ! Et Lydie qui lui disait, hier, qu'il vivait dans une région merveilleuse et qu'il avait une affaire florissante !

« Ah, Lydie ! songe-t-il en soupirant. Envoûtante, captivante, désirable Lydie ! »

Mystérieuse Lydie, également.

D'un mouvement vif, Bressac descend les pieds de son bureau et agrippe la souris de son ordinateur. Il ouvre un dossier, d'où émerge une photo. L'une de celles prises par son fils à Anet et envoyées au printemps dernier. Il l'a souvent étudiée en détail, malgré sa piètre qualité. Il la regarde de nouveau attentivement et esquisse une moue de scepticisme.

Non, décidément, ce n'est pas probant.

Bressac tapote nerveusement sur son bureau avec une petite règle en plastique. Le meilleur moyen de savoir est de se renseigner à la source. Il pose la règle et revient à son ordinateur, sur lequel il part à la recherche du site du château d'Anet. Quelques minutes plus tard, il compose le numéro inscrit sur la page d'accueil et demande à parler à la personne qui gère le personnel.

On lui répond que nul ne s'occupe de ce poste en particulier, mais qu'on va lui passer l'intendante, qui gère la maintenance du château. Quelques instants plus tard, une voix assurée répond :

— Bonjour, Madeleine de Bracieux. Que puis-je pour vous ?

— Voilà, je suis venu visiter le château, il y a quelques années, et j'aimerais retrouver, pour des raisons strictement personnelles, la guide qui nous a accompagnés ce jour-là. Elle s'appelait Lydie Grondin.

— Je ne suis en poste au château que depuis deux ans, et ce nom ne me dit rien. Elle est peut-être partie depuis. Vous rappelez-vous en quelle année c'était ?

— En 2014 ou 2015, quelque chose comme ça…

— Écoutez, je ne peux pas vous fournir une réponse immédiatement. Il faut que je me renseigne sur le personnel travaillant au château à cette époque. Donnez-moi vos coordonnées et je vous rappellerai si j'ai la réponse à votre question.

— Je vous remercie. Rappelez-moi sur mon portable, s'il vous plaît. Je vous envoie mon numéro par mail via votre site.

Martel, septembre 2018

Antoine Bressac sort, tout guilleret, de chez le fleuriste avoisinant son agence et marche d'un pas alerte dans les ruelles de la vieille ville. Il jette un coup d'œil à la Rolex offerte par sa femme au temps de leur vie de couple sans nuages. Il sourit malgré lui : c'est bien le seul souvenir intéressant qu'il ait gardé d'Anne-Sophie ! Il porte à ses narines la rose jaune empaquetée dans son film plastique et lève les yeux vers le ciel lumineux. Il a tenté, à plusieurs reprises, d'oublier son épouse dans les bras de femmes rencontrées çà et là. Mais ça n'a jamais collé. Anne-Sophie était une emmerdeuse née, elle l'a quitté sans sommation. Depuis, elle fait tout pour lui pourrir la vie, mais c'était une femme d'une certaine classe. Et toutes celles qui l'ont suivie étaient loin de posséder ces qualités qui faisaient d'elle une personne assez exceptionnelle, il doit le reconnaître. Il est même arrivé à Antoine de frissonner encore, quelques années après leur séparation, à la pensée de son corps magnifique. Mais, depuis quelques mois, l'image des jambes galbées et des hanches harmonieuses de son ex sont irrémédiablement rangées au placard des utilités obsolètes tant l'apparition qu'il a devant lui le trouble au plus haut point.

Cette fille est tout simplement une déesse descendue d'un irréel Olympe ensoleillé pour lui offrir les plus beaux jours à venir de sa vie. Et il ne laissera pas passer sa chance.

Antoine aborde la rue où est nichée la petite terrasse d'un salon de thé dont il connaît l'existence, mais qu'il n'a jamais fréquenté. Une seule personne y est assise, et c'est précisément cette personne, qui compte le plus au monde pour lui, qu'il vient voir. Lydie Grondin le regarde arriver de son pas décidé et lui sourit. Merveilleusement.

Elle se lève à son approche et lui tend la main. Antoine la saisit délicatement et la porte lentement à ses lèvres tout en fixant cet envoûtant regard turquoise. Malgré sa tenue de guide excluant toute notion de charme vestimentaire, Lydie demeure d'une beauté ensorcelante. Il lui tend la rose fraîchement achetée.

— Pour la plus belle des guides que le gouffre de Padirac a jamais eue.

Elle retire sa main de la sienne et prend la rose entre le pouce et l'index. Elle en sent l'exquise odeur et se rassoit en posant la fleur sur la table, devant elle. Elle baisse les yeux sur le bouton jaune paille et caresse délicatement les pétales exhalant une subtile effluve de thé frais. Antoine la contemple béatement comme on admire un tableau de maître, et un long silence s'installe entre eux. C'est elle qui le rompt, le regard toujours rivé sur sa rose.

— Une rose, c'est l'éternelle image de la vie qui débute et qui, un jour, s'en ira. C'est un moment de bonheur fugace, mais tellement vrai. Il faut en profiter à fond. Comme de celui que nous sommes en train de vivre, Antoine, conclut-elle en levant ses yeux vers lui.

Antoine Bressac ressent un très léger coup à l'estomac.

— Lydie, vous parlez de ce bonheur comme s'il allait s'enfuir dans les jours qui viennent !

— Je dis simplement que les plus beaux moments sont à vivre pleinement. Car, ensuite, plus rien ne sera jamais pareil. Je ne sais pas ce qui nous attend, Antoine, mais je veux que nous le partagions intensément.

— Je suis prêt pour ce partage, Lydie, ajoute-t-il en mettant sa main sur la sienne et en décochant son éclatant sourire.

Elle retire, une fois de plus, sa main délicatement et adopte un ton nettement plus enjoué et un peu joueur.

— J'ai, moi aussi, un cadeau à vous faire. Mais c'est une surprise. Vous êtes naturellement libre vendredi en huit, en soirée, je suppose ?

— Naturellement…, répond-il, légèrement gêné malgré tout. Enfin, je vais tout faire pour.

— Alors voilà, c'est dit : vous êtes libre. Vous passerez me prendre chez moi. Je vous sors.

— Vous me… sortez ? (Il éclate d'un rire incrédule.) Mais… en quel honneur ?

— Le 21 septembre n'est-il pas un jour particulier pour vous ?

— Le 21…

Bressac écarquille des billes pires que des agates.

— Mais… comment vous savez ça, vous ?

— Tss, tss, je ne dévoilerai pas mes sources. Je le sais, c'est tout.

Bressac s'accoude sur la table et avance imperceptiblement son visage vers celui de sa troublante conquête.

— Plus personne n'a songé à me fêter ce 21 septembre depuis des années. Vous êtes la première depuis un temps si éloigné que je veux l'oublier. Il faut célébrer cela dignement. Il faut un bel endroit.

— Je connais un bel endroit, dit-elle en se levant, aussitôt imitée par lui.

— Diable ! Me voici pris au piège !

— Vous êtes totalement, irrémédiablement pris au piège. Vous êtes à ma merci, susurre-t-elle.

Elle le regarde de ses yeux pétillants et caresse furtivement, du dos de sa main, la chemise noire au col négligemment ouvert que l'élégant agent immobilier porte sous son costume de lin.

Un violent frisson électrise Antoine Bressac de haut en bas. Son portable sonne à ce moment précis.

— Vous ne répondez pas ?

— Ça peut attendre. Rien ne pourrait interrompre ces instants magiques que je vis avec vous, dit-il en prenant ses mains dans les siennes.

Elle se détache lentement de son emprise et lui jette un dernier regard langoureux.

— À vendredi, donc.

Il demeure sur place, complètement interloqué par la tournure des événements, quand il réalise d'un coup qu'elle a omis le plus important.

— Hé ! Lydie ?

Elle se retourne doucement.

— Vendredi, OK… mais où ?

Elle laisse s'écouler quelques douces secondes, avant de lâcher d'une voix délicieusement atone :

— Passez me prendre chez moi. À 20 heures.

Antoine Bressac la regarde disparaître au coin de la rue, dans le soleil déclinant de la fin d'après-midi, et reste ainsi planté durant une bonne minute, mains dans les poches, avec un sourire satisfait et le sentiment indestructible qu'il va enfin arriver à ses fins. Puis, comme si la réalité le rappelait à l'ordre, il dégage son portable de la poche intérieure de sa veste et consulte ses appels manqués. Dont le dernier, qui date de deux minutes trente-cinq. Avec message à la clé.

*
* *

Madeleine de Bracieux sort de son bureau, dont elle ferme la porte à double tour. Elle s'éloigne d'un pas léger, en faisant tournoyer sa clé autour de son index, vers le hall d'entrée, où elle croise l'un des guides du château.

— Bon week-end, Jacques !

— Bon week-end à vous aussi, Madeleine… Enfin, je devrais plutôt dire « bonnes vacances », hein ?

— Oui, ces quinze jours vont me faire un bien énorme, je le sens.

Sur ce, l'intendante du château d'Anet s'éloigne et le guide passe devant la porte de son bureau au moment où la sonnerie du téléphone retentit. À la troisième, le répondeur se déclenche, suivi par une voix d'homme :

— Madame de Bracieux ? Antoine Bressac… vous venez de me laisser un message dans lequel vous me dites n'avoir pas eu, dans vos effectifs de ces dix dernières années, de guide s'appelant Lydie Grondin. Je suis assez… comment dire… assez étonné par cette information… Pourriez-vous me rappeler, s'il vous plaît ? J'aurais besoin de plus amples précisions sur ce point particulier. Merci.

*
* *

Viroflay, septembre 2018

Delphine Lacour pousse la porte de l'entrée et lance les clés de sa voiture dans un petit panier posé sur le guéridon. Elle se rend à la cuisine, dépose son grand sac sur la table et ouvre le frigo. Elle se verse une bière blanche dans un grand verre, qu'elle coiffe d'une rondelle de citron. Ses gestes sont lents, comme si elle désirait les économiser.

Il fait encore très chaud malgré l'heure tardive. Ce mois de septembre a des airs de plein été qui ne sont pas pour déplaire à Delphine. Sauf que, lorsque l'on a passé sa journée dans un Paris poisseux et que l'on s'est tapé les embouteillages pour revenir chez soi, on a un peu macéré dans ses vêtements, même légers. Elle s'humecte le front avec le verre frais, puis boit une première gorgée. Elle est épuisée, mais heureuse : plusieurs années de recherches sont enfin récompensées.

Elle ouvre la baie vitrée donnant sur leur petit jardin et va s'asseoir sur le banc en bois, planté sous l'albizzia. La douceur du début de soirée l'enveloppe avec délice et elle se détend totalement. Elle se sent animée par une force nouvelle, qui lui donnerait presque envie de prendre une douche rapide et de partir, là, tout de suite. Mais elle sait parfaitement qu'il faut laisser le temps minimum à l'analyse nécessaire aux bonnes décisions. Elle a attendu presque huit ans, elle n'est pas à vingt-quatre heures près.

Un bruit de pas provient de la cuisine et Frédéric apparaît dans le jardin, en bermuda et t-shirt labellisé *J.J. Cale*. Il se dirige vers elle et l'embrasse dans le cou. Il s'assoit à ses côtés et allume une cigarette.

— Alors ?

— Alors…

Elle se retourne vers lui, les yeux brillants.

— Alors, je crois que j'ai tout ce qu'il me faut.

— Tu sais où il est ?

— J'en suis quasiment sûre. Je suis allée revoir Jean-Denis Lartigaud…

— Qui ça ?

— Jean-Denis Lartigaud, tu sais bien, l'ex-comptable de chez Dubreuil ! Mince, Frédéric, fais un effort, quoi !

— Ah, oui ! OK, OK !

— Il a ressorti, à mon intention, deux dossiers de ses archives perso. Lorsqu'il a quitté Robineau, celui-ci l'a autorisé à faire des doubles des dossiers qu'il suivait personnellement. Dont, évidemment, ceux des entreprises des Dubreuil, père et fils. Et il m'a confirmé l'exactitude du nom fourni par Lorenzi : c'est bien celui de la mère d'Alexandre Dubreuil !

« Lorsque François Dubreuil a monté son cabinet, dans les années soixante, il a dû inclure dans les statuts de son affaire le nom de sa femme, Jeanne de son prénom, à qui il a attribué un pourcentage d'actions non négligeable. C'est comme ça que Lartigaud avait en sa possession l'essentiel de l'identité de madame mère, et surtout des précisions très intéressantes sur ses origines géographiques. J'ai tout reconstitué une fois revenue dans mon bureau. Je n'avais pas de rendez-vous, j'ai passé tout l'aprèm à faire mes recoupements, à cerner ma proie par une sorte de triangulation progressive.

Elle finit la dernière gorgée de sa bière et pose le verre par terre, au pied du banc.

— Sans être précis sur le lieu exact, Christian Lorenzi m'a, l'autre jour, parlé de cette région où se serait établi notre lascar, car c'est la sienne, à quelques dizaines de kilomètres près. Selon un pilote français qui le connaît un peu, Dubreuil aurait monté un business dans le coin, sans autre précision, là non plus. Mon problème était que, lorsque je l'ai rencontré à Montlhéry, Lorenzi ignorait bien évidemment que ça pourrait rendre bougrement service à ma modeste personne, et de fait, il n'a pas essayé d'en savoir plus. J'ai donc été obligée de chercher toute seule l'aiguille dans la botte de foin.

« J'ai tapé le nom dans différents moteurs de recherche et j'ai épluché toutes les réponses fournies dans la région. Vu que c'est un nom courant là-bas, tu te doutes que je me suis heurtée à un fatras de renseignements contradictoires. Quant aux professionnels, aucune activité ne collait à ce qu'on pourrait imaginer pour Dubreuil. Je me suis alors munie d'une loupe et j'ai passé au crible les photos que m'avait remises Lorenzi, dans le but de dénicher le petit indice qui me mettrait enfin sur la piste. Et c'est sur la carrosserie, à côté du nom des pilotes, que j'ai trouvé ce que je cherchais : un logo qui a fait tilt dans mon esprit.

« Pendant les deux bonnes heures où je me suis acharnée sur ce fichu nom, j'ai été amenée à visionner des pages entières de sites Web, avec des photos. Des photos de belles baraques notamment, dont certaines renvoyaient à un site commun. Qui m'est soudain devenu familier : j'avais repéré ce logo brodé sur la combinaison de Dubreuil, assis sur cette bagnole prise en photo par Lorenzi.

Delphine s'interrompt pour mieux profiter de l'effet de son récit sur son mari. Celui-ci écrase sa cigarette et se penche vers le visage apaisé de sa femme.

— Et c'est quoi, le nom ?

Padirac, vendredi 21 septembre 2018

Il est 20 h 50 quand la Talisman grise s'immobilise dans un coin isolé du parking du gouffre de Padirac. Le crépuscule a maintenant éteint la lumière naturelle de la pierre du causse et repousse vers l'ouest les dernières lueurs orangées du soleil mourant. De l'autre côté du parking, quelques voitures sont garées devant l'auberge des Belles Saveurs, dont la lumière, provenant de la salle à manger, diffuse un pâle éclairage sur la place goudronnée. Antoine Bressac descend de sa voiture, qu'il contourne promptement pour aller ouvrir la portière du côté passager.

Lydie Grondin déploie, dans la douceur de la nuit, sa silhouette élancée, à peine éclairée par la lumière du plafonnier de l'habitacle. Bressac ouvre alors la portière arrière et se saisit d'une fine veste vert amande, dont il couvre les épaules de la jeune fille. Il désigne de la tête le restaurant éclairé et dit :

— Nous dînons à l'auberge ?

Elle fouille dans sa pochette et fait une adorable petite moue dédaigneuse.

— Ici ? Ça manquerait singulièrement de charme. Non, je vous offre quelque chose de beaucoup plus romantique. Et d'inattendu ! Vous m'avez dit ne jamais avoir trouvé le temps, en trois ans, de visiter le gouffre. Eh bien, voilà : je vous y emmène. Pour une visite totalement, complètement privée !

— Une visite ? À cette heure ? Mais… comment… ?

— Vous oubliez que je suis détentrice du sésame, dit-elle en exhibant un gros trousseau, dont l'éclat luit dans la lueur de la lune.

Quelques minutes plus tard, le silence qui emplit l'immense cavité creusée dans le calcaire est à peine troublé par le déclenchement mécanique de l'ascenseur, qui entreprend la descente, dans sa cage métallique, vers les profondeurs géologiques de la terre. Seuls dans la cabine plongée dans la pénombre, Lydie et Antoine écoutent, silencieux, les cliquetis et les grincements de l'impressionnant appareillage qui permet d'atteindre le fond du gouffre, une centaine de mètres plus bas.

La nuit est totale dans cette igue aux normes exceptionnelles, où seule la lumière de la lune sculpte les rochers bordant l'ouverture naturelle, qui s'éloigne petit à petit au-dessus d'eux. Sentant son compagnon légèrement tendu, Lydie prend sa main dans la sienne. Antoine Bressac éprouve un réel réconfort à ce doux contact et serre sa belle guide contre lui.

L'ascenseur s'immobilise brutalement dans un bruit métallique, qui résonne entre les parois abruptes, et Lydie allume sa lampe torche. Elle déverrouille la porte grillagée et invite, d'un geste, Antoine à la suivre. Il leur reste à descendre progressivement et avec prudence le plan incliné sinueux qui mène tout en bas du gouffre, vers l'entrée de la rivière souterraine. Lydie éclaire le sol de sa lampe et marche avec assurance malgré ses talons hauts, devant Antoine, qui relève parfois la tête derrière lui pour jeter un regard à la voûte étoilée se découpant tout là-haut par l'ouverture du gouffre. Cette ouverture qui lui semble maintenant tellement petite.

Ils prennent pied sur une plateforme en béton et Lydie braque sa lampe devant elle. La lumière crue découpe de son halo une ouverture sombre dans la roche.

— Restez-là, je reviens.

Lydie abandonne son compagnon, et la lueur de sa lampe disparaît dans une encoignure du rocher. Bressac ferme machinalement sa veste et frissonne des pieds à la tête.

Soudain, une série de projecteurs s'allument dans une suite de claquements, dévoilant, à une cinquantaine de mètres devant lui, la véritable entrée du souterrain de Padirac : un lac à la surface limpide, uniquement troublée par les gouttes d'eau éparses tombant d'une impressionnante voûte de concrétions calcaires. Attendant la foule des touristes, des barques plates sont amarrées dans une rangée de logements ouvragés du quai en béton.

— Bienvenue dans les entrailles de Padirac !

Il se retourne vers Lydie, qui revient vers lui, le visage radieux et un panier en osier à la main, couvert d'un napperon vichy à carreaux rouges et blancs. Il ne peut s'empêcher de penser, une nouvelle fois, qu'elle est sublime dans sa fine robe blanche, sur laquelle elle a passé cette élégante petite veste verte à broderies blanches. Elle a, par contre, troqué ses escarpins contre des baskets basses rose et blanc, certainement mieux adaptées au sol glissant du lieu, se dit Bressac. Elle lui désigne l'une des embarcations et l'invite à s'y installer.

— Si monsieur veut bien se donner la peine, la visite va débuter.

Antoine Bressac demeure coi et admire, avec une pointe d'angoisse, le décor minéral qui l'enserre. Docile, il monte dans la barque et s'assoit sur l'un des quatre bancs prévus pour les visiteurs tandis que, sûre de ses gestes,

Lydie prend sa place de guide debout derrière lui, pose le panier à ses pieds et s'éloigne du quai de sa lourde rame. L'embarcation quitte la terre ferme pour un monde de fantasmagories insoupçonnées.

— Le gouffre de Padirac est exploré pour la première fois à la toute fin du XIXe siècle par Armand Viré, qui est ensuite chargé des premiers aménagements techniques permettant la visite du site, dont le premier ascenseur.

La voix assurée de Lydie résonne sous l'immense voûte d'albâtre couvrant la rivière.

— Dans le même temps, le spéléologue Édouard-Alfred Martel entreprend l'exploration de la rivière souterraine. Au péril de sa vie – il a failli mourir lors du chavirage de son bateau –, il découvre, au fil de ses nombreuses expéditions, cette rivière sur laquelle nous naviguons. Les explorations continueront jusqu'aux années précédant le second conflit mondial, mettant en lumière les diverses galeries du gouffre. Les visiteurs du site se contentent de parcourir un kilomètre à une centaine de mètres sous la surface du sol, mais sachez, cher Antoine, que plus de quarante kilomètres de boyaux, siphons et galeries ont été découverts ! Dans les années de l'après-guerre, les recherches se concentrent sur la localisation du lieu de résurgence de cette rivière, et c'est le versement de plusieurs dizaines de kilos de fluorescéine qui permettra de relier avec certitude la fontaine Saint-Georges – que nous avons eu le plaisir de visiter ensemble – et la rivière souterraine de Padirac… Ah ! je vois que vous restez bouche bée devant cette merveilleuse stalactite à la taille impressionnante que nous allons frôler : c'est la Grande Pendeloque, qui mesure soixante mètres de long et effleure la surface de l'eau. Vous sentez ces fines gouttes tomber de tout là-haut sur votre beau veston ? Nous abordons ici le lac de la Pluie.

Bressac en oublie presque l'eau qui humecte l'étoffe de son prince de Galles. Il ne cesse de tourner la tête de droite à gauche et inversement tant le spectacle, dont il a le privilège de jouir seul, est à couper le souffle. Cette immense concrétion a dû mettre des millions d'années pour atteindre de telles dimensions, se dit-il. Les multiples éclairages soulignent les courbes harmonieuses et lisses de ces centaines de colonnes de calcite émergeant des parois calcaires. Les jeux d'ombre et de lumière découpent parfois des figures minérales étranges et effrayantes, qui se dévoilent lentement au fur et à mesure de la progression sur la rivière.

Lydie fait ondoyer sa rame dans l'eau glacée et guide avec assurance la lourde barque vers un nouveau quai, marquant la fin de la promenade lacustre. L'amarrage se fait en douceur, et Antoine Bressac prend pied sur le béton mouillé par l'humidité et les gouttes provenant du plafond. Lydie saute à son tour sur le quai avec une agilité qui surprend l'agent immobilier, décidément impressionné par sa guide.

— Nous allons maintenant continuer la visite à pied en passant par le lac des Gours.

Tenant toujours son panier dans sa main gauche et sa pochette dans la droite, elle emmène d'autorité son visiteur d'un soir vers une étonnante salle, dont une grande partie est occupée par une étendue d'eau couleur turquoise, constituée de bassins délimités par de petits barrages naturels.

— Les gours sont ces barrages composés de dépôts minéraux fixés à la roche dure, indique-t-elle tout en continuant son chemin d'un pas alerte.

Antoine est émerveillé par la beauté de ce site. Il se dit qu'il a été idiot de ne pas le visiter plus tôt, avant d'admettre que son ignorance lui procure finalement cette incroyable visite privée. Il est parallèlement intrigué par ce panier, dont il ignore le contenu, ainsi que par la destination de cette promenade. Il espère simplement qu'ils ne vont pas pique-niquer dans la fraîcheur de cette grotte aux mille cavités angoissantes !

Dans le crépitement incessant des gouttes de pluie se fracassant sur la roche et le bruissement de l'eau au-dessous de lui, il suit sa guide d'une nuit dans un escalier qui s'élève lentement au-dessus de ces bassins irréels. Pour la première fois depuis qu'ils sont descendus dans le gouffre, Antoine Bressac sent une sorte de claustrophobie sournoise l'enserrer.

C'est alors qu'ils débouchent dans un endroit qui le laisse coi.

— Nous voici, minuscules êtres humains, au bas d'une véritable cathédrale naturelle appelée la salle du Grand Dôme. La voûte qui nous surplombe se trouve à près de soixante-dix mètres au-dessus de nous, et cent mètres au-dessus du lac des Gours ! À cet endroit, tout là-haut, la surface du causse n'est plus qu'à quelques mètres. Le lac à nos pieds est le lac Supérieur !

Antoine Bressac se perd dans la contemplation du spectacle figé qui s'offre à lui et ne remarque pas que le ton de Lydie devient de plus en plus saccadé et mécanique.

Un bassin suspendu est contenu par de nouveaux barrages en forme de bénitiers, surmontés par une étonnante concrétion constituée de dizaines de plaques de calcite empilées les unes sur les autres – « la Pile d'assiettes », explique Lydie –, qui grimpent à plusieurs mètres de haut. Bressac lève alors la tête vers les colonnes d'albâtre qui montent vers le plafond, à quelque soixante-dix mètres de l'endroit où ils se trouvent. La vue est proprement vertigineuse. Des milliers de stalactites et de concrétions descendent des multiples recoins des parois de la caverne. Les dimensions réelles de celle-ci seraient impossibles à appréhender sans l'échelle donnée par un interminable escalier, qui s'élève en serpentant le long des corniches et surplombs parsemant la hauteur de la salle telle une succession de balcons naturels.

Lydie désigne l'escalier à Antoine, qui, pour la première fois, perd quelque peu son fameux sourire éclatant.

— Lydie, ne me dites pas qu'il faut… nous n'allons pas monter là-haut, tout de même ?

Il regarde sa montre.

— Ça fait presque trois quarts d'heure que nous naviguons et marchons. Je ne sais quel restaurant vous avez réservé, mais j'ai bien peur qu'on n'y arrive trop tard.

— Je vous ai dit que je vous sortais dans un bel endroit, Antoine. Je n'ai jamais dit qu'il s'agissait d'un restaurant. Pensez-vous que même la plus belle des tables puisse vous offrir un spectacle aussi somptueux ? Que vous avez en outre le loisir de déguster seul… avec moi.

Bressac tente de retrouver un semblant d'aménité et désigne d'un air incrédule la volée de marches qui les attend.

— Non, mais, c'est que…

Il rit.

—… c'est que je commence à avoir les pieds qui enflent.

— Ne vous inquiétez pas, cet escalier n'est pas si terrible que ça : des milliers de touristes l'empruntent chaque jour et, parmi eux, nombre de mamies et papys bien moins fringants que vous ! La vue là-haut vous fera oublier toutes vos réticences, croyez-moi. Et enfin, c'est là que prend fin notre pérégrination et que ma surprise vous attend. Allez, venez !

C'est sur l'un de ses sourires qui font chavirer le cœur d'Antoine Bressac depuis six mois que Lydie Grondin lui tourne le dos et entame la montée vers les ogives minérales.

Bressac serre de sa main droite la froide rambarde qui borde l'escalier et suit des yeux les jambes virevoltantes de Lydie, à quelques marches au-dessus de lui, gainées d'un collant couleur chair. « Un collant, ou bien des bas ? » se surprend-il à penser de façon gourmande. Lydie accélère imperceptiblement le pas au fur et à mesure de la montée, et Antoine est forcé de constater avec amertume qu'il ne peut suivre le rythme. Il ne fait plus de sport depuis belle lurette et le paie au prix fort dans ces moments-là. À dire vrai, il n'a jamais été un fervent adepte de la course en forêt ou de la transpiration en salle de gym. Tout juste a-t-il un peu tapé – sans grande conviction – dans la petite balle jaune du temps de sa brillante jeunesse dorée. L'orientation que sa nouvelle vie sentimentale pourrait très vite prendre lui donnera peut-être l'occasion de réparer ces lacunes physiques. Arrivée sur une plateforme, Lydie se retourne vers lui.

— Approchez, cher Antoine, approchez ! Et contemplez cette vue unique sous vos pieds !

À moitié essoufflé, Bressac se penche sur le garde-corps, pour aussitôt se reculer.

— C'est assez haut, commente-t-il en la regardant de façon intense.

Elle pose délicatement son panier sur le sol détritique jouxtant le béton de l'escalier et, tout en fixant l'agent immobilier de ses beaux yeux turquoise, elle retire d'un coup sec le napperon. Une demi-bouteille de champagne apparaît, à moitié couchée sur une serviette blanche et entourée de deux flûtes. Elle prend le flacon et le tend à son invité.

— Je vous en prie, officiez, monsieur.

Tandis que Bressac s'attelle à une tâche plus en accord avec ses compétences, Lydie pose sa pochette à côté du panier et se saisit des flûtes. Antoine fait doucement tourner la bouteille dans sa main droite tout en maintenant fermement le bouchon de la gauche, et un léger « pschitt » indique l'ouverture imminente des agapes souterraines. Le liquide doré coule dans les verres, et les deux visiteurs, perdus dans la noirceur du gouffre, se regardent profondément.

— Bon anniversaire, Antoine. À vous, et à votre avenir radieux.

— À vous, Lydie. Et… à nous, oserais-je.

Ils avalent la première gorgée sans se quitter des yeux. Lydie imprime une légère pression de ses lèvres sur le verre, puis repose, sur une concrétion en « assiette » proche, sa flûte frappée de l'empreinte de son rouge à lèvres. Antoine pose alors la sienne à côté. Elle s'approche doucement de l'homme frémissant et lisse langoureusement sa cravate en soie grise de ses doigts fins tandis que, de l'autre main, elle attire ce corps séduisant contre le sien. Leurs lèvres se rapprochent et s'effleurent tandis que leurs langues entrent doucement en contact. Le baiser est voluptueux et délicieusement long, puis Lydie s'éloigne la première. Elle caresse les revers de sa veste couleur crème et s'adresse à lui d'une voix grave, presque atone.

— Nous sommes enfin arrivés à ce moment tant attendu, où j'ai choisi de vous offrir votre surprise, Antoine. Mais, comme toutes les surprises, il faut la découvrir. Elle est cachée pas loin d'ici. Je vais vous guider.

Comme on le fait avec les petits enfants. Vous savez ? Chaud ou froid.

Antoine Bressac se recule légèrement en souriant à Lydie d'un air entendu. Il est prêt à jouer le jeu.

Il tourne la tête à gauche, puis à droite, et examine les possibilités d'investigation qui s'offrent à lui. Si c'est proche d'ici, alors il n'y a pas trente-six solutions. À gauche, l'escalier. À droite, l'escalier. Derrière, le vide. Devant, le sol de la grotte monte doucement vers les énormes stalagmites qui se dressent sur plusieurs mètres de haut. Il pose donc un pied devant lui sur le sol minéral et s'arrête en regardant Lydie du coin de son œil rieur, comme en attente.

— Vous chauffez.

Satisfait, il se hisse sur la pente et entreprend son ascension. Il s'aide un peu de ses mains en agrippant la roche froide et humide. Ses pieds, chaussés dans ses beaux mocassins en cuir à pompons, ripent sur le sol boueux, et il se rattrape in extremis à une stalactite proche. Il s'immobilise en se disant qu'il ne l'aura pas volée, sa surprise – et tout le reste avec, bien entendu. Son regard est attiré par une cavité sur sa gauche, vers laquelle il se dirige. Il parvient à atteindre, avec quelque peine, l'entrée de l'anfractuosité et se penche pour tenter de voir dans la pénombre.

— Vous refroidissez, Antoine, dit-elle sur le même ton enjoué.

Tout en suivant attentivement la progression de son chercheur, elle ouvre sa pochette et se rapproche subrepticement des deux flûtes.

Bressac revient donc un peu en arrière et tourne légèrement la tête. L'espace d'une fraction de seconde, il a capté, dans son champ de vision, la silhouette de Lydie fouillant dans sa pochette. Son léger sourire s'efface, mais il revient au jeu et se déporte alors vers la droite, tout en s'accrochant à une grosse concrétion qui lui permet de se hisser un peu plus haut. Il entreprend de contourner une énorme stalagmite qui semble dissimuler une petite niche en hauteur.

— Vous chauffez à nouveau.

Lydie ouvre avec de petits gestes rapides un mouchoir de papier contenant une gélule vert pâle.

Antoine tâtonne à l'intérieur de la niche de sa main gauche restée libre. Mais son regard ne suit pas forcément ses gestes inquisiteurs.

— Désolée, Antoine, vous refroidissez.

Légèrement dépité, il souffle, puis regarde autour de lui. Il était « chaud » avant de se hisser vers cette niche, c'est donc plus en bas qu'il faut chercher. Il se glisse entre deux stalagmites, non sans mouiller au passage son beau prince de Galles contre la calcite, et se baisse vers le bas d'une paroi, au pied de superbes chandeliers d'albâtre.

Les doigts de Lydie s'agitent au-dessus de la flûte d'Antoine tandis que la petite gélule coule dans le champagne en se dissolvant.

— Vous brûlez, Antoine, vous brûlez, dit-elle en refermant sa pochette.

Il étire le bras dans la faille qui lui fait face, agite la main et sent soudain un contact familier, celui du papier. Il en retire une grande enveloppe blanche scellée par un ruban rouge sang. Il redescend avec prudence vers Lydie, qui l'attend à côté des deux flûtes, sa petite pochette contre elle.

Il reprend pied sur la plateforme, époussette son costume un peu sali et brandit l'enveloppe avec un air de triomphe.

— Le plan de la sortie ?

Elle rit doucement.

— Qui sait ? Champagne, Antoine.

Elle saisit la flûte de son invité et la lui présente en le regardant d'un air mutin.

Il la fixe une seconde, puis tend sa main vers l'autre flûte, demeurée sur la concrétion, celle dont le bord du verre est orné de la trace du rouge à lèvres.

Lydie ressent un immense frisson glacé la parcourir de haut en bas. Elle ne peut s'empêcher, l'espace d'une seconde, de fixer le regard d'Antoine, à la recherche d'une information lui indiquant ce qu'il va se passer. Il continue de sourire et lève sa flûte vers elle.

— Vous ne buvez pas de cet excellent champagne, envoûtante Lydie ?

— Excusez-moi, mais… je me sens barbouillée tout à coup, dit-elle en portant sa main à son front et en reposant la flûte.

— Barbouillée ? Après une seule gorgée ? Allons !

— Ça m'arrive parfois, hélas. Mais… il est temps pour vous d'ouvrir cette surprise, n'est-ce pas ?

— Ah, oui… la surprise.

Il dénoue le ruban avec des gestes lents, en jetant de petits coups d'œil soupçonneux à sa partenaire, dont il constate avec étonnement l'inhabituelle raideur. Il sort de l'enveloppe une simple feuille de papier, sur laquelle sont imprimées trois courtes lignes, au-dessus de la photocopie d'une carte d'identité. Normalement intrigué, il lit.

Et son visage se fige soudain.

Bonjour, Alexandre Dubreuil,
je ne m'appelle ni Lucie Levars
ni Lydie Grondin.

Stupéfait, il regarde la carte : la photo représente Lydie, à quelques détails près, mais le document n'est pas établi à son nom. Il l'est à celui de Laura Ercolani.

Alexandre s'attendait à beaucoup de choses, sauf à ça !

Laura aussi.

Dubreuil détache son regard de la feuille et dévisage la jeune femme devant lui, aux traits devenus anormalement tirés et aux yeux exorbités.

— Ercolani ? Vous êtes la fille de…

Incrédule, il voit d'un coup ce merveilleux visage se transformer : la belle chevelure auburn fait progressivement place à des cheveux blonds en pétard coupés court, la peau devient beaucoup plus pâle et les yeux se cernent de khôl tandis que les iris passent du turquoise au marron. Puis le visage de Lydie revient, mais désormais dépourvu de cette beauté et de ce charme renversants qui l'ont empêché de fermer l'œil bon nombre de nuits. Car c'est bien Laura qui lui fait face dorénavant. Ses maxillaires crispés ondulent légèrement sous l'action d'une nervosité apparemment intense.

Dubreuil se statufie à son tour. Sous le coup de la révélation d'abord, puis en raison du petit revolver qu'elle vient de sortir de sa pochette et qu'elle brandit à présent vers lui.

— Oui, je suis la fille aînée de Patrick Ercolani, ton dévoué directeur commercial, Alexandre Dubreuil. Patrick Ercolani, que tu as acculé au suicide par ton intransigeance, ton harcèlement et ton incommensurable morgue.

— Attendez, vous racontez n'importe quoi ! Je ne suis pour rien dans cette disparition. Je… je peux comprendre ce que vous ressentez…

— Non ! Tu ne comprends pas et tu n'as jamais rien compris ! rugit-elle en levant son arme.

Dubreuil est terrifié par la transformation soudaine de celle qu'il considérait, il y a encore peu, comme une douce fée à la beauté irréelle, et qu'il voit maintenant comme une illuminée aux traits déformés par la haine. Il sue à grosses gouttes malgré la fraîcheur ambiante et tente d'avancer légèrement vers elle.

— Ne bouge pas ! souffle-t-elle d'une voix rauque tout en reculant.

— Laura, soyez raisonnable. Vous ne pouvez pas me tuer, vous êtes une… belle jeune fille qui a tout l'avenir devant elle. Vous n'imaginez pas tirer sur un être humain, tout de même !

— Qu'est-ce que tu connais de l'être humain, hein ? Ta vie n'a été que mépris, arrogance et suffisance. L'humanité, tu sais pas ce que c'est. Moi, c'est la pitié que j'ai décidé d'ignorer. Oui, je vais te tuer, Dubreuil. J'avais même prévu quelque chose de plus lent pour ton agonie : le Rohypnol t'aurait livré à ma volonté, je t'aurais redescendu vers ce magnifique lac. Je t'aurais plongé dedans et t'aurais parlé doucement jusqu'à ce que ma main enfonce ta tête dans l'eau glacée. Ta vigilance m'a trompée, alors je passe à quelque chose de plus radical. Et ne t'inquiète pas pour mon avenir. Tu l'as bousillé il y a huit ans et il est maintenant aussi sombre que les dizaines de salles qui sont derrière moi. J'ai prévu d'aller jusqu'au bout, et je le ferai. Mais avant, je veux que tu saches… tout ce que tu as superbement ignoré avant de tout gâcher.

*
* *

Tout en servant ses clients, le patron des Belles Saveurs jette, par moments, des regards sur cette Talisman grise garée à l'autre bout du parking. Sa présence l'intrigue parce qu'il a demandé à chacun de ses convives attablés si la voiture était à l'un d'eux et qu'aucun n'a répondu par l'affirmative. Mais surtout, elle lui dit vaguement quelque chose, cette bagnole. Il faut juste qu'il aille vérifier un détail.

Posant son plateau sur le bar, il sort sur le parking et gagne l'endroit un peu plus sombre où est garée la Renault. Il jette un œil rapide à l'intérieur, puis la contourne pour détailler l'avant. Ayant trouvé ce qu'il cherchait, un sticker du RAC, autrement dit le Royal Automobile Club, collé derrière le pare-brise, il hoche doucement la tête et retourne à son restaurant.

Il rentre dans la salle et apostrophe sa femme, derrière le comptoir.

— T'as vu Bressac ce soir, toi ? Parce qu'il y a sa Talisman sur le parking. C'est bizarre : les rares fois où il daigne nous faire l'honneur de sa visite, ce prétentieux, c'est plutôt en semaine, le midi, avec des clients. Mais jamais le soir, et encore moins le week-end.

Devant le lent mouvement de tête de son épouse indiquant qu'elle n'en sait pas plus que lui, le restaurateur gratte sa grosse moustache. Puis il se saisit d'une lampe torche en soufflant et ressort sur le parking.

— Je veux que tu saches qu'il t'aimait beaucoup, Patrick Ercolani, tu sais.

Laura a mis un peu de distance entre elle et Alexandre. S'appuyant sur ses jambes à demi fléchies, le souffle court, elle continue de triturer le petit 38 Special, qu'elle peine pourtant à maintenir de ses deux mains à hauteur de son regard.

— Tu l'impressionnais par ta prestance et ton charme naturel. Il te trouvait splendide. Splendide, c'est le mot ! Je m'en souviens bien parce qu'il nous l'avait dit un soir où il était rentré du boulot tout gai, tout content d'avoir décroché un super client pour ton prestige personnel. Ça, c'était du temps où ça marchait bien pour vous. Pour toi, surtout. Puis ça a commencé à merder de tous les côtés. Je crois bien que c'était pas mal ta faute. Et mon pauvre papa, qui suait sang et eau pour essayer de remettre le bateau à flot pendant que, toi, tu paradais au volant de tes bagnoles de collec'. Tu ne lui adressais plus la parole que pour lui donner des missions de plus en plus irréalisables. Comme à toutes celles et à tous ceux qui bossaient avec toi, d'ailleurs. Enfin, je devrais dire : qui bossaient *pour* toi. Parce qu'ils étaient devenus tes gentils larbins, tous ces braves employés qui essayaient autant que faire se peut que Buzz Events ne se casse pas la gueule. Mais voilà, ça s'est cassé salement la gueule. Et ce malheureux Patrick

Ercolani, qui n'était même plus là pour voir les jolis dégâts que tu avais faits !

Dubreuil passe sa main devant ses yeux fermés, à moitié effaré, à moitié en colère.

— Regarde-moi, Alexandre Dubreuil ! Je veux que tu te rappelles mon regard jusqu'à ton dernier souffle. On m'a toujours dit que c'était celui de ma mère. Ma mère, Martine, que Patrick t'a fièrement présentée un soir, lors d'un dîner au resto. Elle était belle, ma mère. Il paraît que tu lui as fait beaucoup de compliments, et pas mal de gringue, ce soir-là. Ça amusait mon pauvre papa, qui ne pensait pas à mal, lui. Je suis sûre que ça ne t'aurait pas déplu d'essayer de l'emprunter à ton cher directeur commercial, ma maman. Elle est partie, elle aussi, comme ma petite sœur. Tu te rappelles les titres des journaux de l'époque, Alexandre Dubreuil ? Tu te rappelles ?

Oui, Dubreuil se rappelle avec douleur toute cette sombre histoire, cet immense gâchis. Mais il pense actuellement plus avec effroi à la rambarde, contre laquelle il est adossé, et au vide vertigineux qui le sépare du bas du dôme, à des dizaines de mètres. Ses bras sont tétanisés sur la barre de métal et sa gorge est devenue si sèche qu'avaler lui fait presque mal.

— Vous êtes complètement folle, Laura. Comment pouvez-vous insinuer toutes ces accusations ? Vous n'avez… vous n'avez aucune preuve. Et vous irez en prison si…

— Comment je peux les insinuer ? répond-elle en réavançant vers lui, de plus en plus menaçante. Mais, mon pauvre Alexandre, tu t'imagines que je ne l'ai pas entendu, mon papa, se plaindre amèrement de ton attitude ignoble à son égard ? Ma mère essayait de l'apaiser, de le conseiller. Mais il était désorienté, perdu. Il ne savait plus où aller. Et les bouteilles de whisky succédaient aux bouteilles de whisky. Il ne faisait même plus attention à nous. Et puis, tu sais, pendant tout ce temps qui a suivi, celui où j'ai essayé de remonter à la surface, j'en ai rencontré, des gens qui te connaissaient bien ! Une secrétaire, notamment, que tu traitais comme les nobles d'autrefois traitaient leur valetaille. Elle m'a tout raconté. De ton ascension fabriquée par ton papa à ta chute engrenée par toi seul.

« Mais le pire, chez toi, c'est ta faculté à ne rien retenir de tes échecs. Tu as recommencé chez ton super cousin de Toulon, qui t'avait offert un poste top niveau. Je suppose que tu t'es foutu dans une merde grave pour te tirer une nuit comme un voleur, comme tu l'as fait. Tu as, en tout cas, évité mon rendez-vous dans la garrigue et t'es ainsi procuré – de façon bien involontaire – un sursis dans ta misérable vie. Et puis, arrivé ici, tu as à nouveau voulu faire la preuve de ta supériorité évidente. Vis-à-vis des bouseux du coin, de tes confrères, et bien entendu de cette « dinde de secrétaire ».

Alexandre Dubreuil est maintenant livide, et seule l'ouverture sombre du canon du petit revolver pointé sur lui l'empêche de laisser exploser sa colère.

— À propos, je voulais également que tu saches que cette pauvre Noémie n'est en rien coupable de la fuite des informations concernant la maison sur la Dordogne que tu t'apprêtais à vendre à ces chers *Mr and Mrs Stanley*. C'est moi, la responsable ! Ah, ça te la coupe, hein ? Noémie est seulement coupable d'une toute petite négligence : avoir abandonné son poste de travail pour aller chercher un colis à la poste – déposé au préalable par moi – et de m'avoir laissé le champ libre pour fouiller à ma guise dans le joli dossier qu'elle était en train de terminer. Envoyer ensuite ces infos à toutes les agences du département a été un jeu d'enfant. Et te voir anéanti devant le ridicule qui te guettait a été une réelle jouissance.

Alexandre Dubreuil n'y tient plus. Le voile rouge descend sur ses yeux. Il ne peut plus reculer. Il ne peut surtout plus se laisser insulter et calomnier de la sorte. Cette fille est une hystérique qui prend ses divagations pour argent comptant. Si ça se trouve, elle ne sait même pas se servir de ce revolver qu'elle semble avoir du mal à tenir dans ses mains.

Il a souvent fui, il n'a pas été des plus courageux en maintes circonstances. Il le sait ! Mais il sent qu'ici, il ne peut plus tourner le dos à l'adversité. Il a dû faire face aux sbires d'Alkhan. Cette folle n'est rien à côté d'eux. Il doit agir, c'est sa vie qui est en jeu !

Alexandre Dubreuil se détache de la rambarde mouillée et avance lentement vers Laura, les yeux fixes et les mâchoires serrées. Elle recule imperceptiblement et arme le chien de son revolver.

— Reste où tu es, Dubreuil !

Il met un pied devant l'autre et la regarde, hypnotique.

— Et qu'est-ce qu'il m'arrivera, hein, Laura ? Qu'est-ce qu'il m'arrivera si je bouge ? Vous avez de toute façon prévu de me tuer, alors faites-le. Vous avez peur, d'un seul coup ? Vous êtes en train de réaliser que vous allez passer la fin de vos jours en prison ? C'est ça qui vous retient, Laura ?

Dubreuil continue son lent mouvement vers Laura. Elle tend au maximum ses deux bras joints pour essayer de contrecarrer le tremblement qui s'empare d'elle. Les pensées s'entrechoquent dans son esprit enfiévré, et son index droit est totalement paralysé au contact de la détente de l'arme luisante prête à cracher la balle mortelle. Elle voit sa victime désignée se rapprocher inexorablement malgré sa vue subitement brouillée par les larmes qui perlent à ses yeux.

Alexandre sent la faille attendue se dessiner dans l'attitude de la fille, et un inédit sentiment de supériorité l'envahit rapidement. La peur a changé de camp. C'est maintenant ou jamais ! Il se baisse d'un coup et plonge sur la taille de Laura tout en repoussant vers le haut la main tenant le revolver.

Un coup de feu se répercute sur les parois de la grotte, suivi d'un deuxième.

Puis le bruit d'un objet métallique qui tombe par terre.

Puis le silence, de nouveau.

*
* *

Le lac de la Pluie crépite des milliers de gouttes qui transpercent sa surface noire. Le quai de l'embarcadère est désert et la barque est toujours amarrée à la balustrade en métal scellée dans le béton. Des bruits de pas résonnent progressivement sous les concrétions. Irréguliers, avec des raclements sur le sol, comme une course entravée dans son déroulement. Courbée sous l'effort, une silhouette se découpe petit à petit dans la lumière des projecteurs qui inonde le couloir venant du lac des Gours.

La respiration hachée, Alexandre Dubreuil essaie de marcher le plus vite possible malgré une jambe raide, qu'il enserre fermement de ses deux mains. Une large tache brune assombrit le tissu clair du pantalon au niveau du bas de la cuisse et des filets de sang suintent entre ses doigts. Arrivé au quai, il essaie de plier sa jambe pour descendre dans la barque et ne peut réprimer un hurlement : la balle a vraisemblablement fait éclater l'articulation du genou, dont la moindre amorce de flexion s'avère insupportable. Il regarde, affolé, tout autour, mais aucune autre solution ne s'offre à lui.

Il produit alors un effort désespéré pour faire descendre en douceur, dans l'embarcation, la jambe touchée en ployant l'autre au maximum. L'appui sur le plancher lui procure une nouvelle douleur intolérable et il manque de chavirer. Haletant, il se retient à la balustrade et parvient, à force de mouvements lents, à se positionner dans le bateau. Pas question de plier la jambe, il devra pagayer debout. Les battements de son cœur cognent jusque dans ses tempes à la pensée du chemin qu'il va devoir parcourir. Lydie a mis une petite dizaine de minutes, mais elle savait manier la rame.

Il repousse le quai et entreprend sa lente progression vers la Grande Pendeloque, tout là-bas. Des bouffées de chaleur lui montent au visage et embrasent son corps. Il perçoit son sang gluer contre sa jambe, et l'idée de l'évanouissement l'effraie tellement qu'il y puise l'énergie pour maintenir son esprit en alerte. Il parvient tant bien que mal à progresser sur l'eau, illuminée par endroits par des projecteurs sous-marins, mais son assise déséquilibrée par la blessure manque à deux reprises de le faire basculer. Il doit alors prendre brusquement appui sur la jambe atteinte et la douleur lui vrille le corps avec une acuité accrue à chaque fois. Il fixe comme un dément la Pendeloque, cette immense stalactite qui fait la fierté du gouffre et qui lui sert de repère. Le fait qu'elle reste encore assez éloignée lui indique avec misère la lenteur de sa navigation. Il essaie d'accélérer son rythme de pagayeur inexpérimenté, mais il ne réussit qu'à provoquer de nouveaux déséquilibres dans l'embarcation, qui menace à tout moment de se retourner. Il est désormais en plein milieu du lac et la peur l'enserre à nouveau dans ses griffes. Le visage complètement trempé par la pluie minérale, il s'octroie alors quelques longues secondes de repos pour tenter de retrouver son calme et essayer d'oublier cette souffrance qui commence maintenant à anesthésier sa jambe.

C'est alors qu'il aperçoit des ombres bouger, tout là-bas, au fond du boyau, derrière la grande stalactite. Il entend même des voix ! Des ordres fusent et une lampe puissante l'éblouit soudainement. Saisi par une inexplicable panique, il tente de pagayer dans le sens inverse de sa progression pour revenir vers le quai.

La barque tangue. Dubreuil est soudain projeté en arrière, et même un appui maximal sur sa jambe valide ne peut l'empêcher de tomber à la renverse.

Le contact avec l'eau glacée est terrible. Le froid le cisaille au niveau de la poitrine et lui coupe instantanément le souffle. Totalement désorienté et bloqué dans ses mouvements par ses vêtements alourdis et sa jambe blessée, il tente de parvenir jusqu'au bateau retourné pour essayer de s'y accrocher. Il voit alors l'embarcation s'enfoncer rapidement sous la surface : il comprend avec effroi que ces lourdes barques ne peuvent flotter une fois renversées. Il bat frénétiquement des bras et essaie de rejoindre la berge la plus proche dans une nage aussi désordonnée que maladroite. Ses gestes deviennent anarchiques et l'eau pénètre en force dans sa gorge. Il tousse violemment, s'enfonce, essaie de respirer de nouveau, mais boit une seconde tasse, qui lui envoie un violent flash blanc dans la tête.

À la fraction de seconde où il comprend que tout va bientôt être fini, des mains fermes agrippent le col de sa chemise et il sent l'eau dégouliner le long de son corps.

Quelques échos de voix lui parviennent, déformés, puis le néant remplace la frénésie.

Les façades des bâtiments bordant le parking du gouffre de Padirac sont zébrées d'une lumière bleue intermittente – le bleu des gyrophares, qui tournent inlassablement sur les toits des camions rouges et des véhicules bleu nuit.

Le ciel nocturne étoilé se voile progressivement de nuages, et un vent tiède caresse les visages légèrement purpurins des clients de l'auberge sortis de leurs agapes, au moment de la vieille prune, pour voir de plus près un spectacle assez inhabituel dans la région. Les quelques gendarmes déployés sur la zone indiquent, par leur présence, l'interdiction de s'approcher plus près de l'entrée du site. Celle-ci est à présent complètement allumée, et du hall sortent deux ambulanciers portant une civière, sur laquelle est allongée une jeune femme au teint blême, les yeux fermés, recouverte d'un drap jusqu'au menton. Un infirmier marche à ses côtés, tenant une perfusion au-dessus d'elle.

Ils descendent précautionneusement les quatre ou cinq marches qui mènent au parking, où sont stationnées les ambulances et les voitures de la maréchaussée. Regardant la scène et se rongeant fiévreusement l'ongle du pouce, le directeur du site de Padirac est là, aux côtés du sous-officier dirigeant la brigade de gendarmerie de Gramat. Un peu plus loin, prenant des notes sur son ordinateur portable, un gendarme écoute le patron du restaurant lui parler avec volubilité de la Talisman appartenant à l'agent immobilier de Martel et de la porte d'entrée du site, qu'il a découverte, dans la lueur de sa lampe torche, anormalement ouverte à cette heure.

S'étant rapprochés de l'ambulance, un homme et une femme suivent avec une attention particulière l'installation de la civière dans le véhicule.

Les yeux creusés, Delphine Lacour a les bras croisés sur un petit gilet fermé jusqu'au cou par une Fermeture Éclair et fume négligemment une cigarette en observant les manœuvres délicates des infirmiers pour installer au mieux Laura dans le fourgon blanc. À ses côtés, le capitaine Bruno Lauvergeat, vêtu d'un blouson, d'une chemise à carreaux et d'un jean, fait quelques pas sur place histoire de masquer une nervosité apparente.

Le sous-officier de gendarmerie se dirige vers eux d'un pas lent, en relation avec son imposante carrure. Lauvergeat lui adresse la parole le premier.

— Dans quel état sont-ils, major ?

— L'homme s'en tirera sans trop de problèmes. Ils lui ont stabilisé la jambe et ont réussi à endiguer l'hémorragie. Il va être transporté jusqu'à l'hôpital de Figeac, où il sera opéré.

— Et la fille ?

Le major paraît, là, moins assuré.

— Eh bien, d'après ce que m'a dit le médecin, la balle a traversé l'aine et est ressortie à la base des muscles fessiers. Il n'a pas voulu se prononcer avec certitude, ne sachant si l'artère iliaque a été touchée ou non. Son état est stabilisé, mais comme il reste sérieux, il est possible qu'on l'évacue par hélicoptère vers le CHU de Purpan, à Toulouse. Vous avez, en tout cas, bien fait de nous mettre en alerte sur cette situation. Sans vous, et sans l'appel du restaurateur, il était à craindre qu'on les retrouve morts, tous les deux, demain à l'ouverture.

Il leur serre la main et s'éloigne vers la Mégane qui l'attend de l'autre côté du parking.

Delphine écrase sa cigarette dans un petit cendrier portatif, qu'elle remet dans son sac, puis se tourne vers Lauvergeat.

— Qu'est-ce qu'il va se passer, maintenant ?

— On va d'abord attendre qu'ils se retapent physiquement tous les deux. Mais il y aura instruction, vous vous en doutez. Il y a tout à parier que le juge va retenir la tentative d'homicide et que Dubreuil se positionnera en victime, dit-il en la regardant avec un air de commisération non feint.

Delphine baisse les yeux et masse lentement son front.

— Le procès risque d'être long et complexe, continue l'officier de police judiciaire. Mais, avec tous les témoignages dont nous disposons à présent, j'ai bon espoir que Laura s'en sorte avec le minimum. On fera tout pour, en tout cas. Personnellement, je m'y emploierai à fond, vous pouvez me croire.

Delphine lui adresse un petit sourire triste et se retourne d'un coup, entendant le moteur de l'ambulance se mettre en marche. Elle se précipite vers l'infirmier qui s'apprête à verrouiller la porte arrière et lui retient la main.

— S'il vous plaît, est-ce que je peux l'accompagner ?

— Ah, désolé, madame, on n'a pas le droit.

— Je vous en prie, c'est presque ma fille… s'il vous plaît…

Devant le visage implorant de cette femme aux yeux brillants, le jeune homme en blouse blanche hésite à adopter une attitude de fermeté quand revient le major.

— Laissez-la monter, j'en prends la responsabilité, indique-t-il à l'infirmier.

— Dans ce cas…, fait l'autre en prenant la main de Delphine et en la hissant à bord du fourgon.

Il lui indique un siège derrière la civière, puis claque la porte. Delphine a à peine le temps d'adresser un petit signe à Bruno Lauvergeat, à travers la vitre de la fenêtre, que l'ambulance démarre.

Elle caresse doucement le visage inanimé de Laura et se penche pour déposer un léger baiser sur son front. Tandis qu'assis sur la banquette, l'infirmier regarde le plafond, les bras croisés, elle se met à lui parler tout bas à l'oreille.

— Ma petite, ma douce Laura, j'ai pleuré des nuits entières de ne plus te voir, d'ignorer ce que tu devenais. Tu es juste… incroyable ! Tu es allée au bout de toi-même. Tu as tué tes démons pour toujours. Tu vas encore vivre des moments difficiles, mais tu gagneras à la fin. Je t'en donne ma parole. Tout le monde est derrière toi, maintenant. Les masques vont tomber, la honte va choisir son camp, ne t'inquiète pas.

Elle passe délicatement sa main sur les joues creusées de la jeune fille, dont les yeux cernés d'ombre commencent à vibrer. Les paupières s'ouvrent doucement et les yeux turquoise regardent le visage apaisé de Delphine.

Laura esquisse un timide sourire.

— Delph…

— Chut, ne te fatigue pas. Tout est fini, maintenant, tout va bien.

— Delph, pendant huit ans, j'ai voulu sa mort. Tous les jours que j'ai vécus, j'ai pensé à lui. Au jour où je le trouverai. J'étais sûre de moi, j'aurais tout donné, tout perdu pour le tuer…

Delphine ferme les yeux.

— Et puis tu sais, quand j'ai eu enfin ce pouvoir, là, au fond de ce gouffre… j'ai soudain réalisé que je ne pouvais tout simplement pas appuyer sur la détente.

L'ambulance fonce dans la nuit, sur la départementale fluide qui traverse les étendues solitaires du causse.

Une pluie douce a remplacé le vent et entreprend d'humecter cette nature si sèche, qui avait tant besoin de réconfort depuis tellement de temps.

Je veux ici remercier Gilbert Albrand, Gérard Hervet, Lucie Ménard, Maxime Ménard et l'accueil de la gendarmerie de Gramat, qui, par leurs connaissances respectives, m'ont aidé à construire certains passages de cette histoire.

Je tiens à exprimer toute ma gratitude à mon éditrice, Véronique Thabuis, qui n'a pas hésité à me faire confiance et m'a fermement incité à améliorer mon texte initial. Je salue également chaleureusement Yvette Couvidat, libraire, remarquable professionnelle, qui a su me prodiguer les bons conseils au bon moment.

Je réserve enfin toutes mes pensées affectueuses à mes enfants, Maxime, Louise et Lucie, ainsi qu'à ma femme, Agnès, qui m'ont toujours soutenu dans ma démarche.

Collection
plumes noires
À découvrir sur www.luciensouny.fr

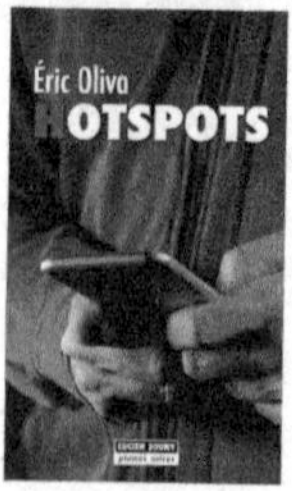

Alfred et Nathalie Lenglet
KT
ÇA VA LE FAIRE
LUCIEN SOUNY
plumes noires

Régis Bégué
FATALES
NÉGLIGENCES
LUCIEN SOUNY
plumes noires

Éric Oliva
Denis Richard
STUPS
LUCIEN SOUNY
plumes noires

Achevé d'imprimer en octobre 2020
sur les presses de la Nouvelle Imprimerie Laballery
58500 Clamecy
Dépôt légal : octobre 2020
Numéro d'impression : 009403

Imprimé en France

La Nouvelle Imprimerie Laballery est titulaire de la marque Imprim'Vert®